君と時計と雛の嘘

第四幕

綾崎 隼

講談社
タイガ

第四幕 Act 4

君と時計と雛の嘘

デザイン：bookwall
イラスト：pomodorosa

これまでの物語

一、大切な人の死を知り、『絶望』に至ることで『時震』が起こり、タイムリープが発生する。

二、タイムリープが発生する度に、タイムリーパーにとって最も親しい人間が一人、世界から消失する。

三、消失した人間は、五年前から世界に存在しなかったことになる。

四、十月十日の夕刻、白新駅で織原芹愛が死ぬと、綜士にタイムリープが発生。タイムリープに至った時刻を起点として、綜士は一ヵ月過去に戻る。

五、十月十日の午後十時前、夜行祭の最中に、古賀将成が時計塔から落下して死亡すると、雛美にタイムリープが発生。雛美は半年過去に戻る。

六、十月十日の午後十時過ぎ、織原安奈が死ぬと、芹愛にタイムリープが発生。芹愛は一年過去に戻る。安奈の死因は綜士の行動によって変わるため、綜士が生きている限り阻止出来ない。

七、芹愛が九回、雛美が四回、綜士が三回、タイムリープを経験しているため、現在は十七周目の世界である。
タイムリーパーが覚えているのは、自分がタイムリープした周回の出来事のみである。

直近のタイムリーパーは綜士であるため、芹愛と雛美は十六周目の世界で起きたことを覚えていない。

八、五年前の八月八日、午後八時過ぎ、八津代町で巨大な地震が発生。
しかし、物理的な被害はなく、ただ時計の時刻が狂うのみだった。
そのため千歳は、それを『地震』ではなく『時震』であったと推理。

九、八年前には佐渡島でも、時震と推測される同様の現象が発生したという記録が残っている。

十、五年前の時震発生時、小学六年生だった綜士は、震源地の白鷹高校で懐中時計を失くしている。

十一、雛美と緒美の奇妙な相似から、千歳は以下のように推理。
八年前の時震によって世界が分岐し、平行世界が誕生。
五年前の八月八日、平行世界の緒美(現在の雛美)が、こちらの世界に飛ばされ、
彼女が有していた時間(余剰の時間)が発現したために時震が発生。
世界はタイムリープの度に人々を消すことで余剰の時間を相殺しており、
現在残っている余剰の時間は『七ヵ月と三週間』である。

登場人物紹介

杵城《きじょう》 綜士《そうし》――高校二年生、写真部。主人公。
草薙《くさなぎ》 千歳《ちとせ》――高校三年生、時計部。
織原《おりはら》 芹愛《せりあ》――高校二年生、陸上部。
鈴鹿《すずか》 雛美《ひなみ》――高校二年生。

海堂《かいどう》 一騎《かずき》――高校二年生、写真部。
織原《おりはら》 亜樹那《あきな》――芹愛の継母。綜士の担任。
織原《おりはら》 泰輔《たいすけ》――芹愛の父。
織原《おりはら》 安奈《あんな》――芹愛の姉。
鈴鹿《すずか》 緒美《つぐみ》――雛美の姉。
古賀《こが》 将成《しょうせい》――大学院生。

市橋《いちはし》　京香《きょうか》――芹愛のクラスメイト。
草薙《くさなぎ》　暁彦《あきひこ》――理学部物理学科教授。
火宮《ひのみや》　雅《みやび》――大学二年生。

君と時計と雛の嘘

第四幕

第十五話　希望は朽ち果て、花は枯れ

1

もう二度と、たとえ死んでも間違えない。

固く誓った傍《そば》から、無様《ぶざま》に過ちを犯してしまう。

それが、杵城綜士《きじょうそうし》という男の哀《あわ》れな正体だった。


どうして俺はこんなにも馬鹿《ばか》なんだろう。

草薙千歳《くさなぎちとせ》が世界にいる限り、一人きりではないと思っていた。

千歳先輩さえいれば、何とかなるはずだった。それなのに、先輩の知性だけが唯一の希望だったのに……。

ほかならぬこの俺の選択が、先輩を世界から消してしまった。


九月十日、木曜日。

三度目のタイムリープを経《へ》て目覚めた、十七周目の世界。

午前九時。杵城家を出ると同時に、鈴鹿雛美《すずかひなみ》に胸倉を摑《つか》まれ、先輩が消えた理由を問い詰められた。

雛美は嘘《うそ》つきだ。何度も俺たちに嘘をついてきたし、十六周目の世界でもやっぱり俺たちを騙《だま》そうとしていた。自分がタイムリープに至るのは、古賀将成《こがしょうせい》が死ぬからだと、頑迷な主張を続けていた。そうやって俺たちのことを惑《まど》わそうとしていた。

雛美の言葉を真に受けることは出来ない。

千歳先輩が消えたなんて、嘘に決まっている。そう、思いたかったのに……。

弾劾《だんがい》の言葉に耳を塞《ふさ》いで登校した、白鷹《しろたか》高校の南棟三階。

時計部の部室に足を踏み入れ、嫌でも現実を認めざるを得なくなる。

部室がちぐはぐな様変わりを見せていた。記憶に違わず、壁の掛け時計は大半が存在していたけれど、手が届かない位置にあった時計は軒並み消失している。ガラスキャビネットの中に並んでいたはずの洋書も消えている。

こんな経験は以前にもあった。

二度目のタイムリープで母が消えた時、俺と無関係だった物は、すべて自宅から消失している。タイムリープに巻き込まれて誰かが消えると、その人物にのみ関与していた物は、同時に世界から消失してしまうのだ。

千歳先輩が消えていたことで、雛美は事態の変遷《へんせん》をある程度悟ったのだろう。現在のこの部室は、彼女が『時計部』として創部を申請し、手に入れたものらしい。

草薙千歳消失の原因となったタイムリーパーは、杵城綜士である可能性が高い。しかし、断定に至るにはあまりにも情報が足らず、彼女は待つしかなかった。

雛美は、俺がタイムリーパーとしての記憶を取り戻す日を、五ヵ月もの間、たった一人で待ち続けていたのだ。


「あの日、古賀さんが時計塔から落ちて、私に四度目のタイムリープが起こった。今回、消えたのはお祖母《ばあ》ちゃんだった」

雛美の鋭い眼光が俺に突き刺さる。

「千歳先輩は、タイムリープに巻き込まれた人間が、五年前の『時震《じしん》』を境に消えるって話していた。先輩の仮説通り、私が目覚めた四月五日の時点で、綜士のお母さんと友達はもう消えていたよ。そして、綜士は母親が消えた理由も分からないまま、一人きりで暮らしていた。でも、そんなの普通に考えたら変でしょ。小学生の頃から、男の子が一人暮らしをしているなんておかしい。だから、説明すれば理解してもらえると思った」

両の拳《こぶし》を握り締めながら、雛美は俺を睨《にら》みつける。

「それなのに、綜士は私の話なんて、まったく聞いてくれなかった。頭のおかしな奴《やつ》扱いをするだけで、私の説明なんて聞こうともしなかった！」

まったく同じ話を、俺は十六周目の世界で、千歳先輩と雛美に聞かされていた。

五年前の時震を起点に、母親と一騎《かずき》は消えている。そのせいで、タイムリープで過去に戻る九月十日まで、俺は高校生になってからの友人である一騎を思い出せない。母親についても同様だ。俺にとって母親は存在しないのが当たり前であり、そこに疑問を呈《てい》されても、耳を傾けることが出来ない。俺には千歳先輩のような知性がない。

「だけど！　綜士は私の話を信じてくれなかったけど！　千歳先輩なら聞いてくれると思った。先輩なら信じてくれると思った。それなのに、それなのに！」

雛美の顔が歪《ゆが》む。

「千歳先輩は世界から消えていた！　草薙千歳なんて人間は、白鷹高校に入学すらしていなかった！　この馬鹿みたいな部屋は残っているのに、先輩は消えてしまった。ねえ、綜士。何回タイムリープしたのよ！　どうして先輩が消えなきゃいけなかったの？」

無意識の内に視線を逸《そ》らした俺の胸倉を、雛美が摑む。

「目を逸らさないで、ちゃんと話して！　分かってるの？　本当に理解してる？　私たち二人だけじゃ、どうにもならない」

分かってる。そんなこと、お前に言われなくても理解している。

だから、もう黙ってくれ。

「千歳先輩が消えたら、ゲームオーバーなんだよ！」

2

五年前、平行世界から雛美《ひなみ》がやってきた時、この世界には、当時の雛美の年齢と同じだけ、『余剰《よじょう》の時間』が生まれてしまった。本来、世界に存在するはずのない、その余剰の時間が『絶望』をきっかけに暴走することで、俺たちは過去へと飛ばされていたのだ。

タイムリープの度に大切な人が消えてしまうのは、誰かを押し出すことで、余剰の時間が、世界に溢《あふ》れた時を相殺《そうさい》していたからだった。

千歳《ちとせ》先輩が消えてしまったら、もうどうにもならない。そんな雛美の言葉は、多分、半分だけ間違っている。

十六周目の世界で、安奈《あんな》さんが死んでも芹愛《せりあ》の身にタイムリープが発生しなかったように、余剰の時間が尽きた時、悪夢の連鎖は必ず終わるのだ。

十七周目の世界は、安奈さんを救うために芹愛が死んだことで始まっている。

この周回の終わりに、どんな結末が待っているのか。今はまだ想像もつかない。

ただ、俺は安奈さんを救えない可能性の方が高いだろうと考えている。飽きるくらいに挑戦を繰り返してきたのに、一度も望んだ未来に辿《たど》り着けていないからだ。

再び失望の結末を迎えたとして、その後、芹愛は何を望むだろう。もう一度挑戦したいと、再び願うだろうか。彼女に請《こ》われたとしたら、俺はどう反応するのだろうか。

その時がくるまで答えは分からないけれど、残された余剰の時間が『七ヵ月と三週間』である以上、二度と繰り返すことのない明日が、やがて、必ず訪れる。

俺たちの目標は、タイムリープを終わらせることだけじゃなかった。

少なくとも千歳先輩は、消失してしまった人たちを取り戻そうと本気で考えていた。タイムリープ以前の世界で起きた出来事は、時間的、場所的制約を伴うものの『復元』する場合がある。その事実に辿り着いて以降、先輩は消えてしまった人々を取り戻すために、復元にまつわるルールを必死で解明しようとしていた。

俺も、雛美も、そんなことは不可能だと思っていたが、先輩は違った。あの人は頭の作りも、心の強さも違うから、決して諦《あきら》めたりしない。知り合いですらないのに、消えた人間を全員取り戻してみせると息巻いていた。あの人は、そういう人だった。

……だけど、もう何もかもがおしまいだ。

千歳先輩が消えたことで、今度こそ、本当に、完璧《かんぺき》に、終わってしまった。

一騎《かずき》も、母も、芹愛の親友たちも、雛美の家族も、誰一人として救われない。

どうして、この世界はこんなにも残酷なんだろう。

パンドラの箱の底には、希望なんて初めから存在していなかったのだ。


今、俺たちが目指せる未来は、ただ一つだけである。

十月十日の夜に死ぬ芹愛の姉、織原安奈《おりはらあんな》を救うことだ。

そのためには芹愛と協力し合える関係を作らねばならないし、十六周目の世界で起きた出来事、手に入れた新しい知識を、雛美にも理解してもらう必要がある。

だが、一体、何から話せば良いだろう。

雛美が平行世界から飛ばされてきた少女であること。

彼女が嫌う姉、鈴鹿緒美《すずかつぐみ》と同一人物であること。

俺の説明を聞き、素直に納得してくれるとは思えない。十六周目の世界で千歳先輩が説明した時でさえ、当初は怒りを見せていたからだ。

結局、焦心苦慮《しょうしんくりょ》の果てに俺が選んだのは、最低限必要と思われる部分だけを、雛美に伝えることだった。

今が十七周目の世界であること。

芹愛が三人目のタイムリーパーだったこと。

既に芹愛は九回も過去に戻っていること。

姉、安奈の死がタイムリープの引き金となっており、その死には必ず俺が絡むこと。

八津代町《やつしろ》から出ることで運命を変えようとしたが、宿泊したホテルで火災に巻き込まれ、やはり安奈さんを死なせてしまったこと。そして……。

安奈さんの命を救うために、芹愛が病院の屋上から身を投げ、俺がもう一度、タイムリープに至ったこと。


「絶対に赦《ゆる》さない。あの女の頬《ほお》を引っ叩《ぱた》いてやる！」

十六周目の世界で最後に起きた出来事を伝えると、案の定、雛美は激昂《げきこう》し、ソファーから立ち上がった。

「ちょっと待てって！」

部室から飛び出す寸前で、雛美の腕を摑み、引き戻す。

「触らないで！」

「頼むから落ち着いてくれ！　今は授業中だぞ！」

見たこともないほどの顔で睨みつけられる。

「私は初めから芹愛が嫌いだった。ずっと、ずっと、大っ嫌いだった」

服が破けんばかりの勢いで腕を振られ、摑んでいた手を振りほどかれる。

「最低だよ。あの女は」

軽蔑《けいべつ》の眼差《まなざ》しを浮かべながら、雛美は吐《は》き捨てる。

「お姉ちゃんを救いたかったのは分かる。私だって彼のことは絶対に救いたい。だけど、そのためにタイムリープを利用しようだなんて思わない。私たちがタイムリープをしたら、罪もない人が一人消えるんだよ。それを知っていたくせに、しかも消えてしまうのは、自分じゃなくて綜士《そうし》の大切な人だって理解していたくせに、飛び降りたんでしょ？　あいつは最低、最悪の女だ！　絶対に赦さない！」

「だから落ち着けって。芹愛一人を悪者にしないでくれ。同意の上だったんだ。躊躇《ためら》っていたあいつに、俺が協力を申し出た。芹愛は九回もタイムリープしている。親友も家族も失《な》くすだけ失くして、お父さんまで死んでしまって、安奈さんは最後の家族なんだ。安奈さんが死んだら、芹愛は本当に一人ぼっちになってしまう。そんなこと、俺は耐えられない。あいつのために出来ることがあるなら俺は……」

「あんな女の何処《どこ》が良いわけ？　本当に、あんな奴の何が良いのよ。芹愛なんてただの自己中じゃん。大体、もう一度、タイムリープしてやり直そうって話だって、綜士から切り出したわけじゃないでしょ？」

「それは……違うけど、でも」

「芹愛は分かってたんだよ。綜士は自分に惚《ほ》れているから、絶対に断らない。綜士に選択肢なんてないって、分かっていて話したんだ。最低じゃん。どうして相談してくれなかったの？　何で二人だけで、そんなに大事なことを決めるのよ！　私たちに相談してくれれば、先輩だって絶対に止め……」

「違うよ」

「違わない！　芹愛みたいな女を好きになるような馬鹿は黙れ」

「だから違うんだって。芹愛は俺に想《おも》われているなんて知らなかった。気付いてもいなかったんだ。俺がずっと芹愛を好きだったなんて、あいつは夢にも思っていなかった。俺が断れないなんて、あいつは考えちゃいなかった」

雛美の顔が歪む。

「……そうだとしても関係ない。あいつが最低な女だってことに変わりはない」

「だけど俺も同罪だ。千歳先輩が消えたのは俺のせいでもあるんだ」

「そんなの知らない。自分の命を捨てたあいつが一番悪い」

平行線だった。

思えば、出会った頃から雛美は芹愛を嫌っていたように思う。

そして、今回の出来事で、それは決定的になってしまった。千歳先輩が消えた今、多分、雛美はもう芹愛を赦さないだろう。

「ねえ、まだ目が覚めないの？　あいつは姉を救えるなら、綜士の大切な人が消えても良いって思ったんだよ」

言いたいことは分かる。こいつはいつも適当なことばかり言っているが、この件に関しての言い分だけは何処までも正しい。それでも、俺は芹愛の気持ちを理解したいと願ってしまう。

一騎と母親が消えた世界は恐ろしいものだった。千歳先輩や雛美が傍にいてくれなければ、恐怖に囚《とら》われ、何もかもを諦めていた可能性だってある。そんな経験を芹愛は九回も繰り返してきたのだ。同じ一年を九回も繰り返して、その度に救われない父親を看病して、避けられない永訣《えいけつ》の時と、大切な人の消失を迎える。そんな経験を重ねた芹愛の精神が、『普通』でいられるはずがない。

「……こうするしかなかったんだ。俺も、芹愛も」

「こうするしかなかったって何？　相手のことを本当に大切に思っているなら、間違ったことをする前に止めるはずだよ。それなのに、綜士は芹愛に気に入られることばかり考えてる。これ以上、嫌われたくないからって、盲目的に言いなりになってるだけじゃん。そんなの恋じゃないよ」

返す言葉が見つからなかった。

「綜士は芹愛に対する罪悪感を、恋と勘違いしているんじゃないの？　後悔に押《お》し潰《つぶ》されるより、叶《かな》わない恋だって自分を慰める方が楽だもんね」

「……そんなことあるわけないだろ。自分の気持ちくらい自分で分かるよ」

「本当に分かってる奴は、そんな風に覇気《はき》のない顔で反論したりしない」

ずっと、芹愛だけを想い続けて生きてきたのだ。この胸に巣食う恋心は、疑いようもなく本物だ。だが、考えてしまう。芹愛のことを真っ当に好きでいられたなら、雛美が言う通り、彼女の誤った選択を正そうと身体が動いたのだろうか。

あの夜、俺の頭の中に、芹愛に反対するという選択肢は存在していなかった。

そんなの恋じゃないという雛美の言葉が、呪《のろ》いのように心を惑わす。


こいつは今、どんな気持ちで俺と話しているのだろう。

千歳先輩は十六周目の世界で、古賀将成《こがしょうせい》などという人物は一連の現象に無関係であり、雛美のタイムリープは俺の死によって引き起こされると断言していた。

『綜士を時計塔から突き落とそうと考えていた』

芹愛から聞いた言葉と照らし合わせても、先輩の推理が間違っていたとは思えない。

しかし、どんな理屈を辿ったら、雛美の想い人が俺になるのだろう。卑屈でも、謙遜《けんそん》でもなく、普通に考えれば有り得ない。

九月九日以前の俺と雛美は、文字通り赤の他人だった。顔見知りですらない。

小学校も中学校も別々だし、高校でも同じクラスになったことはない。俺は高校受験の直前に数ヵ月、塾に通っていたが、少人数クラスだったから、鈴鹿なんて名字の生徒がいなかったことも断言出来る。

夏休み前の終業式で、こいつが壇上に上がっていなければ、顔すら知らなかったはずであり、それは雛美だって同様だと思うのだ。

確かに、雛美は俺が五年前に失くした懐中時計を持っていた。それを拾った日に、杵《き》城《じょう》綜士《そうし》という人間を認識したことも事実だろう。とはいえ、雛美が知ることが出来たのは名前だけである。顔も、年齢も、住所も、懐中時計を拾っただけでは分からない。

雛美が俺の素性を知ったのは、最短でも白鷹高校に入学して以降だ。

偶然拾った懐中時計の持ち主と、たまたま同じ高校に入学して。何かのタイミングで俺の名前を知ったのだと推測出来るが、それで一体どうなるというのだろう。

俺に一目惚《ひとめぼ》れでもしたというのか？　こんな目つきの悪い冴《さ》えない男に？

それこそ謙遜ではなく、絶対に有り得ないと思った。

今に至るまで、雛美の俺に対する態度は傍若無人《ぼうじゃくぶじん》そのものだ。

大体、もしも本当に雛美が俺に惚れているのだとしたら、最初の出会いからしておかしい。駅で俺に声をかけてきた時、雛美は古賀さんに恋人の振りを頼んでいる。

どんな出会い方だって出来たはずなのに、あいつはあえて自分が恋愛対象から外れるように小細工をしたのだ。そんなこと、好きな相手にする理由がないだろう。

鈴鹿雛美は肝心なことを話さない。

こいつが何を考えながら生きているのか、俺は今もまるで理解出来ないでいた。

「お前さ、四月の時点で俺と千歳先輩に会いに行ったって言ったけど、その時点で、芹愛がもう一人のタイムリーパーだってことにも気付いていたんだよな?」

雛美は曖昧《あいまい》な表情で頷《うなず》く。

「確信があったわけじゃないけど、千歳先輩がそう推理していたからね」

「じゃあ、芹愛には会いに行かなかったのか?」

それを問うと、しばしの沈黙があった。それから、

「行ったよ。五月になってから、あいつに会ってる」

「芹愛はどういう反応を?」

「最悪の反応。徹底的に無視された」

前回の周回で千歳先輩が話しかけた時も似たような反応だったが、最終的にはあいつも耳を傾けている。本当に雛美は芹愛にきちんと説明したのだろうか。

「次に会った時は絶対に逃がさない。首根っこをひっ摑まえてでも……」

「それはちょっと待ってくれ。芹愛にはまず俺から話したい。お前にも言いたいことは沢山あるだろうけど、今は我慢して欲しい。十六周目の世界でも、芹愛は俺たちの話に簡単には耳を傾けなかった。お前が喋《しゃべ》ると余計に話がこじれる」

「何それ。遠まわしに喧嘩《けんか》売ってるの？」

「事実だろ。前回の経験を踏まえて、まずは協力しあえる態勢を作りたい。と言うか、信用してもらえなけりゃ安奈さんを救えない」

芹愛の説得は今回も容易ではないだろう。ただ、前回との違いは、手元に切り札があることだ。俺は芹愛の内奥の秘密を、彼女自身から聞いている。その話を出されれば、自分が心を許したことを理解出来るはずだと、芹愛自身が話していた。


俺たちは失われてしまった人々を、誰一人として救えていない。

これは、既に敗北が確定した撤退戦なのだろう。

俺たちに出来ることはただ一つ、犠牲者をこれ以上、一人も増やさないことだけだ。

安奈さんの命を救い、芹愛を絶望から解放する。

せめて最後くらい、間違えずにこの戦いを終えたかった。

3

白鷹高校からでも、泰輔《たいすけ》さんが入院している病院からでも、織原《おりはら》家に帰宅するには北河《きたかわ》口《ぐち》駅を利用することになる。帰途につく芹愛《せりあ》を待ちながら、駅前のロータリーで道ゆく人々をぼんやりと眺《なが》めていた。

穏《おだ》やかに太陽は沈みゆき、橙《だいだい》色の灯《あか》りが街を気まぐれに染めていく。

芹愛が改札から出てきたのは、午後五時を回った頃のことだった。

今日は陸上部にも病院にも顔を出さなかったのだろうか。

ベンチから立ち上がった俺を視界に捉《とら》え、その顔が一瞬で強張《こわば》る。

「話したいことがあるんだ」

芹愛は不審に満ちた眼差しで、周囲を見回す。

「誰もいないよ。今日は俺一人だ」

言わんとすることが伝わったのだろうか。芹愛が立ち止まる。

芹愛は記憶に残る最後の周回で、時計部の部室に閉じ込められている。千歳《ちとせ》先輩や雛美《ひなみ》のことも警戒しているのだろう。

「お前の事情も知らずに、部室に閉じ込めて悪かった。すまなかったと思っている。あれから色んなことがあったんだ。今日はお前にすべてを話したくて……」

「綜士《そうし》と話すことなんてない」

取りつく島もなく、芹愛は背を向けて歩き出す。

「待って！　頼むから話を聞いてくれ。お前がタイムリープした後で俺も……」

「何も聞かなくて良い」

歩調を速めた芹愛の肩に手をかけようとしたその時、バックステップで距離を取った芹愛に、物凄《ものすご》い形相《ぎょうそう》で睨まれた。

「触らないで」

凍《い》てつくような口調に、胸の奥が哀《かな》しいまでに冷える。

「私に近付かないで。綜士たちと話すことなんて何もない。今も、これからも」

「違うんだ。お前は誤解している。俺たちは別にお前の敵じゃ……」

「ついてこないで！　これ以上つきまとうなら大声をあげるから」

……どうしてだろう。どうして何度やっても上手《うま》くやれないんだろう。

こんなにも想っているのに。見返りなんて求めてすらいないのに。

芹愛と安奈《あんな》さんを守りたいだけなのに、卑怯《ひきょう》者の俺にはそんなことさえ許されない。

なすすべなく芹愛を見送ると、自然と涙が溢れてきた。

世界で一番大切な人に、俺はこれ以上ないくらい避けられている。

胸が苦しい。痛くて、痛くて、捻《ね》じ切れてしまいそうだった。

だが、膝《ひざ》を折ることは出来ない。それだけは、してはならない。

強引に涙を拭《ぬぐ》い、睨みつけるように前方を見据える。

千歳先輩なら絶対に諦めない。先輩は不甲斐《ふがい》ない自分を言い訳にして、運命から逃げたりしない。

俺は千歳先輩を消してしまった正真正銘の馬鹿だけど、馬鹿にだって馬鹿なりのプライドがある。ここで俺が諦めてしまったら、本当に何もかもが終わってしまうのだ。そんなことは絶対にあっちゃいけない。


足早に立ち去った芹愛の姿は、あっという間に見えなくなってしまった。

彼女から随分と遅れて、自宅の前に辿り着くと、

「あら、綜士君。お帰りなさい」

織原家の庭で、安奈さんが洗濯物を取り込んでいた。安奈さんには何処か抜けたところがある。夜に洗濯物が庭に干しっぱなしになっているのを目撃したことも、一度や二度じゃない。今日も日暮れ間近まで取り込むのを忘れていたのだろう。

「……安奈さん」

「ん？　どうかした？」

塀垣の手前で立ち止まった俺を見つめながら、安奈さんは小首を傾《かし》げる。

「ごめんなさい。俺……本当に……」

「え？　何？　意味が分からないよ。どうして謝るの？」

戸惑う安奈さんの目を直視出来なかった。

「子どもの頃から安奈さんに親切にしてもらっていたのに、それなのに……」

十月十日のその夜に、彼女は俺のせいで死んでしまう。

前回の周回でも、俺が不用意に声をかけたせいで……。

「本当にごめんなさい」

早口に告げて、逃げるように自宅へと駆け込んだ。


分かっている。

よく分かっている。

謝罪の言葉など、ただの自己満足でしかない。

安奈さんを救わない限り、罪滅ぼしになんてなりやしない。

自室に戻り、ベッドの上に仰向けで寝そべる。

ずっと、一騎《かずき》が隣にいてくれたから寂《さび》しくなかった。どれだけ悪態《あくたい》をついても、母は見限らずに味方でいてくれた。千歳先輩がいてくれたから、絶望せずに済んでいた。

俺たちは一人で生きているわけじゃない。人間は一人でなんて生きていけない。そんな当たり前のことに、すべてを失くしてようやく気付く。

俺はもっと感謝するべきだったのだろう。友がいることを、母がいることを、話を聞いてくれる人がいることを、きちんと感謝しなければならなかった。

俺は今日、芹愛に取り合ってもらえなかった。

それは、とてもつらいことだった。哀しかった。本当に悔《くや》しかった。

それでも、自暴自棄になってはいけないのだ。

芹愛を救うために、ベストを尽くさねばならない。


ベッドから身体を起こし、雛美に電話をかけると、ワンコールで反応があった。

『はいはい。綜士？　今、手が離せないんだけど』

「その割には、すぐに通話に出たな」

『……綜士の携帯電話が古いからタイムラグが出たんだよ』

聞こえてきたのは、いつもの根拠のない戯言《たわごと》だった。

慣れというのは恐ろしいものである。出会ったばかりの頃は、彼女の軽口に苛々《いらいら》させられてばかりだったのに、今ではむしろホッとしてしまう。

「相談したいことがあるんだ。時間あるか？」

『だから手が離せないんだってば』

「電話をしているじゃないか」

『料理で火を使ってるの。綜士はもう夕ご飯、食べた？』

「いや、まだだけど」

『じゃあ、うちに来たら？　綜士の分も作ってあげる。住所、知ってるんでしょ』

「え……。良いのか？」

『二人分でも三人分でも労力は変わらないよ。芹愛に会ったんでしょ？　どんな反応だったのか気になるし』

意外なところへ話が進展したが、断る理由もなかった。

十六周目の世界ではコンビニ弁当や外食ばかりだった。手料理なんて久しく食べていない。今日は何も買っていないから、このままなら夕食はカップラーメンになる。雛美の料理の腕は分からないものの、インスタントよりはましだろう。

電話を切り、すぐに鈴鹿《すずか》家へと向かうことにした。

4

午後七時半、鈴鹿《すずか》家に上がると、リビングには姉の緒美《つぐみ》の姿もあった。

緒美は夜間の来訪者に驚いていたが、同じ部に所属する同級生と自己紹介すると、すんなり納得したようだった。

本日の夕食当番であるという雛美《ひなみ》は、キッチンで忙《せわ》しなく動いている。

六人掛けのダイニングテーブルに緒美と斜向《はすむ》かいで座り、テレビに目を向ける彼女を横目で見つめる。

髪型や私服の印象は違うものの、見れば見るほどに二人は瓜二《うりふた》つだった。体型や細かな身体のパーツだけじゃない。声もまったく同じである。

千歳《ちとせ》先輩が辿り着いた結論は、やはり真実なのだろう。雛美は平行世界から飛ばされてきた人間であり、緒美と同一人物なのだ。十六周目の雛美は認めようとしなかったが、状況に鑑《かんが》みて考察すれば、否定するのも難しい。

「いつも夕食は二人で?」

テレビから視線を外し、緒美がこちらを向く。

「雛美、帰りが遅いでしょ。待っていたらお腹《なか》が空《す》くんじゃない？」

「……別に、わざわざ待たないから。私が遅くなることもあるし、あいつも私のことは待たない。今日はたまたま二人ともこの時間に家にいただけ」

確かに、十六周目の世界で尾行した時、緒美は友人たちと別れてからも、なかなか家に帰ろうとしなかった。

「あのさ、もう一度、名前を聞いても良い？」

「名前？　杵城《きじょう》綜士《そうし》だけど」

「珍しい名字だよね」

「この辺りの名字じゃないみたいだね」

「綜士君の名前、何処かで聞いたことがあるような気がするんだけどな」

その疑問の正体を、俺はもう知っていた。

五年前、小学六年生の夏に、俺は父親にもらった懐中時計を失くしている。その時計を雛美が拾っており、緒美は裏面に刻印された名前を見たことがあるのだ。

「綜士君ってさ、雛美と付き合ってるの？」

「まさか」

テレビがついているため、ダイニングテーブルでの会話は雛美に届いていない。

俺たちの様子など気にも留めずに、雛美は料理を続けていた。

「違うの？　家まで遊びに来るくらいだから、そういうことなのかなって思った」

「それは不本意な誤解だから、早めに訂正出来て良かったよ」

「そっか。まあ、そうだよね。雛美なんかと付き合うわけないか。綜士君もてそうだし」

何を根拠にそんなことを言ってきたのか分からないけれど。

「それも誤解だね。女子にちやほやされた記憶なんて人生で一度もない」

「悪いけど、その発言はあんまり鵜呑《うの》みに出来ないかな。もてる男の子は、皆、そういうこと言いそうだもの」

謙遜ではなく事実なのだが、彼女は薄く笑いながら俺の言葉を否定していた。


「緒美」

不意に、キッチンから雛美の声が届く。

「サイドボードの上のキャニスター取ってくれない」

料理に集中しているのか、雛美は顔も上げずに熱心に腕を動かしていた。

返事もせずに立ち上がり、緒美は頼まれた物をキッチンへ運ぶ。

「ごめん。手が塞がっていたから助かった」

「見れば分かる。あとどのくらいで出来そう？」

「七、八分」

「ふーん。お客さんが来てるから、いつもより気合入ってるね」

そっけなく告げてから、緒美はダイニングテーブルへと戻ってくる。

それは何気ない一幕だったが、俺にとっては意表を突かれる光景でもあった。

自分は緒美に嫌われている。雛美は何度もそう言っていたし、十六周目の世界で会った緒美は、雛美に鈴鹿家が乗っ取られたと話していた。

「二人は仲が悪いんだと思ってた」

「うん。悪いよ」

間髪容《かんはつい》れずに肯定される。

「でも、普通に会話はするんだなって」

「同じ家で暮らしているんだから、必要最低限の会話はするでしょ」

「そっか。まあ、そうかもな」

思い起こしてみれば、十六周目の世界で、緒美は熱が下がらない雛美を、無理やりタクシーに乗せて病院へと向かわせている。その隙《すき》に懐中時計を拝借したというエピソードのせいで、彼女の本心が見えなかったけれど、敵意だけを向け合って暮らしているわけでもないのかもしれない。

「五年前に雛美はこの家に来たんだよな」

「それも知ってるんだね」

「君の目から見たあいつは、どんな奴?」

「根暗で地味な奴だよ。友達もいないし、趣味もない。お洒落《しゃれ》にも興味ない」

「……それ、俺の知っているあいつと印象違うんだよな」

「よく分かんないけど、雛美、最近、変わったもんね。高校に入ってからも、しばらくは陰気な奴だったんだけどな」

キッチンの奥で、雛美は鼻歌交じりに盛り付けをおこなっていた。


一切の会話がないまま夕食が進み、やがて緒美がリビングから一人去っていく。

「やっと消えたか。あいつ、いつもはもっと遅いのに、今日に限って普通に帰ってきたんだよね。気を遣ったでしょ」

「部外者は俺の方だ。そんなこと言えた義理じゃないよ」

「私の作ったご飯どうだった?」

「驚いた。何て言うか、凄《すご》く普通でびっくりした」

「何それ。普通って褒《ほ》めてないじゃん」

「いや、褒めてるんだって。カレーとかさ、一品で終わるような料理を出されると思っていたんだ。味噌汁《みそしる》があって、サラダがあって、煮物があって、何だろう。凄く普通の夕食だったから意外だった。お前、本当に料理が得意だったんだな」

「お祖母《ばあ》ちゃんは腰が悪くて家事が出来なかったから、お母さんが消えた後は、私と緒美が交代で料理をしていたの。三軒隣にお祖母ちゃんの友達が住んでるんだけどさ。その人が料理上手で、時々、教えてくれるんだよね」

雛美の母親は、彼女の二回目のタイムリープで消えている。それ以降、鈴鹿家の姉妹は台所に立ち続けてきたのだろう。

「お腹も満ちたことだし、本題に入ろうよ。相談したいことって何？　芹愛《せりあ》に話は聞いてもらえたの？」

「駄目だった。取りつく島もなし。いや、それ以下かな。これ以上つきまとうなら大声をあげるとまで言われた」

「じゃあ、とうとうストーカーだったことがばれたってわけ？」

挑発でもするように雛美は笑う。

「そういうことじゃないと思う。あいつは俺たちのせいで安奈さんを救えなかったって思い込んでる。だから警戒されているんだ」

「なるほど。それで、どうしようもなくなったから、私の力が借りたいと」

「まさか。お前が絡んだら、余計にこじれるだろ。前も言ったけど、芹愛のことは俺が何とかするよ。そうじゃなくて、もう一度、きちんと千歳先輩のことを考えたいんだ」

「意味が分かんない。どういうこと？」

卓上の漬物に手を伸ばしつつ、雛美が首を傾げる。

「千歳先輩が本当に世界から消えたのか、調べたい」

「私が嘘をついているって言いたいの？」

「お前を疑っているわけじゃないよ。ただ、自分の目でも確かめたいんだ。俺は先輩のことを、本当は何も知らなかった気がするから」

千歳先輩は聞かれていないことまで説明を始める、とてもお喋りな人だった。しかし、今思えば、自分自身の話をほとんどしていない。

「お前さ、千歳先輩の住所って知ってるか？」

雛美は首を横に振る。

「家族構成や出身中学は？」

「どっちも知らない。調べたけど、分からなかった」

「調べたのか？」

「うん。タイムリープで目覚めた後、綜士に邪険にされてから、先輩に会いに行ったって言ったでしょ。時計部の様子が変わっていることにはすぐに気付いたけど、そもそも先輩と会ったのは九月だから、四月の時点ではこうだったのかなって思った。でも、いつまで待っても先輩は時計部に現れないし、仕方ないから三年生の教室を回ったの。そこで不安が的中していることに気付いた。草薙千歳《くさなぎちとせ》のことを覚えている人間がいなかったから」

苦渋の眼差しを浮かべながら、雛美は続ける。

「だけど、認めたくなかった。先輩は留年しているし、四月の授業に出ていないだけかもしれないでしょ。それで先輩の家を探したの。高校の徒歩圏内に住んでいることは知っていたから、近隣の中学生をハーゲンダッツで買収して、それぞれの中学校の五年前の卒業アルバムを、学校から持ち出させた」

まさか、そんなことをやっていたとは。

「でも、見つからなかったってことか?」

「三つの中学校を調べたけど、草薙千歳なんて生徒はいなかったよ」

タイムリープに巻き込まれた人間は、五年前の八月八日を境に消失する。卒業アルバムが編纂《へんさん》され始めた時点で、既に千歳先輩は世界から消えていたのだろう。

「先輩を探すなんて時間の無駄だと思う」

「そうかもな。でもさ、この目で確かめたいんだ。先輩だけが希望だった。千歳先輩さえいれば、最後には何とかなるんじゃないかって思ってたんだよ。だから、本当に希望が潰《つい》えたのか、はっきりさせたい」

「それって、今やらなきゃいけないことなの? 芹愛を説得する方が先じゃない? 私たちの目標は織原安奈《おりはらあんな》を救うことでしょ」

「安奈さんを守るためにすべきことは、はっきりしている。当日、俺とは別行動で、安奈さんが八津代町から離れることだ。そのために芹愛の協力がいるわけだけど、あいつの説得には、きっと時間がかかる」

「まあ、協力はするけどさ。さっきも言った通り、手掛かりなんてないよ。高校の人たちは誰も先輩のことを覚えていない。出身中学も分からない。どうするわけ？」

「お前が知らない情報を、俺は二つ持っている」

その内の一つは、千歳先輩が他人には知られたくないと思っていた事実だ。しかし、今は出来る限りの情報を共有すべきだろう。

「先輩は研究者だった父親を、子どもの頃に自殺で亡くしているんだ。父親を救えなかった自分を責めながら生きてきたらしい」

「ああ……。だから、芹愛の自殺に対して、あんなに怒っていたのか。何か今更だけど納得。でも、そんなことが分かっても、先輩の家なんて探しようがなくない？」

頷く。確かにたったこれだけの情報で草薙家を見つけることは不可能だろう。

「もう一つ、情報がある。先輩には一人だけ友達がいるんだ。もちろん、高校時代に知り合った友人だとすれば、先輩のことは覚えていない。ただ、中学や小学校時代からの友人という可能性も残っている」

「その人を探すってこと？」

「ああ。俺が知っているのは名字だけだけどな。『火』に『宮』と書いて『火宮《ひのみや》』と読むらしい。よくある名字じゃないし、二年前の卒業生なら、教師も覚えていると思う。明日、火宮先輩を探そう」

5

九月十一日、金曜日、午後一時。

高校を抜け出し、雛美《ひなみ》と共に旧市街へと向かう電車に揺られていた。

雛美の担任に尋《たず》ねると、欲していた情報は、あっさりと手に入った。

二年前に卒業したその人物の名は、火宮雅《ひのみやみやび》。

入学から卒業まで、理系科目の試験で満点を連発していたという火宮雅は、神童として教師の記憶に鮮明に残っていた。

首都圏最高学府への進学を期待された火宮先輩だったが、師事したい研究者がいるという理由で、地元国立大学の理学部物理学科へと進学したらしい。そこは現在、古賀将成《こがしょうせい》が院生として通う大学でもあった。

大学の最寄り駅で電車を降りると、雛美が連絡を取っていた古賀さんが待っていた。

いつ見ても、彼はにやにやと緊張感のない笑顔を浮かべている。その小脇《こわき》に、いつかの周回でも見たサッカーボールが抱《かか》えられていた。

「ねえ、何でそんな物を持ってるの？　古賀さん、講義は？」

「月曜日に研究室に顔を出したから、今週はもう終わり」

「何それ。意味分かんない」

「今日は家で一日中、信長《のぶなが》の野望を叶えるつもりだったんだけどな。最近、留学してきた中国人の集団が、サッカーをやりたがってるらしくてさ。俺の力が必要みたいだから、早起きしたってわけだ。いわゆる一つの国際交流って奴だな」

よく分からないことを言いながら、古賀さんはあくびをする。

「……もう午後一時過ぎだよ。大学院生って暇なんだね」

「馬鹿。暇じゃないよ。人間的魅力を高めるために経験値を貯《た》めてるの。就職したら光と闇《やみ》の戦士なんて務まらないんだからな」

「古賀さんってさ、学年が進むに連れて、どんどん駄目になっていくよね」

「リベラルに自堕落であることが文系の本懐《ほんかい》だからな。お前も大学生になったら分かるさ。と言っても、お前の頭じゃうちの大学は厳しいか」

「別に厳しくないし。余裕でA判定だし」

「いつまで強がっていられるかな。まあ、模試《もし》の判定に絶望する日がきたら連絡を寄越せよ。また教えてやるから」

「そんなに遊んでばかりで教えられるの？　古賀さん文系でしょ。数学なんてもう忘れてるんじゃないの？」

電話で話していた時もそうだったが、雛美は彼を前にしても態度が変わらない。緊張なんて微塵《みじん》も感じられないし、声が上ずっているなんてこともない。

本当に古賀さんが想い人だったなら、こんな態度にはならない気がする。少なくとも俺なら、嫌われるのが怖くて、芹愛《せりあ》に対して軽口なんて叩けない。

とはいえ、千歳《ちとせ》先輩の推理が正しいなら、雛美が大切に思っている人間は俺ということになる。そして、雛美の俺に対する態度は、古賀さんと相対している時以上に酷《ひど》い。こいつは誰に対してもこういう態度の女だということだろうか。

幾つもの建物が乱立した大学の構内は、高校とは比べ物にならないくらい広かった。

スケートボードに乗りながら移動している男子、芝生の上でバドミントンをしている集団、高校とはまるで違う学生の生態が新鮮だった。

俺も雛美も高校の制服を着ているのに、奇異の視線を向けられるということもない。

白鷹高校も自由な校風だが、大学はさらに比べ物にならないレベルで、フリーダムなのだろう。

「理学部を案内して欲しいんだったよな。お前、あんなに数学が苦手だったのに、理系に進学するつもりなのか？」

「まさか。見学が目的なら、オープンキャンパスを利用するでしょ。物理学科の二年生に会いたい人がいるの」

「じゃあ、研究室に連れていけば良いのかな。物理学科ならサークルの後輩がいるから、そいつを紹介してやるよ」

古賀さんはサッカーボールを持っているだけで、鞄《かばん》すら所持していない。本当に留学生とサッカーをするためだけに大学に来たのだろうか。


物理学科の研究室は、雑多な機械が積み上げられた通路の奥、光の差し込まない北側に位置していた。

「よ！　相変わらず、訳分かんないことやってんのな」

中庭でスパナを手に作業をしていた二人組に、古賀さんが声をかける。

「うわ。女子高校生じゃないすか。古賀先輩の知り合いですか？」

「ああ。家庭教師をしていた時の生徒」

「先輩、そんな羨《うらや》ましいバイトをやってたんですね。良いなー。俺も女子中学生に勉強を教えたいっすよ」

「お前らは研究ばっかりでそんな暇ないだろ」

「まあ……ないっすよね」

どうやら大学生が全員、遊んでばかりいるわけでもないらしい。

古賀さんの後輩は男子高校生になど興味がないようで、雛美ばかり見つめている。

「貴重な女子高生がうちに何の用？　物理に興味があるの？」

「いや、そういうのにはまったく興味ないんですけど、会いたい人がいるんです。火宮雅さんってこちらにいらっしゃいますか？」

「ああ、雅ちゃん？　どうかな。あの子、あんまり大学に来ないから」

「あの調子だと四回生になっても、一般教養を受講してそうだよな」

どういうことだろう。千歳先輩も変わり者の友人と言っていたが……。

その時、通路の奥から、また別の学生が歩いてきた。

「あ、山上《やまがみ》さん。今日って雅ちゃん、研究室に来ましたか？」

「今週は一度も見てないな。今日も教授のラボでしょ」

古賀さんの後輩が申し訳なさそうに笑う。

「ごめんね。ここで待っていても雅ちゃんには会えないかなー」

「じゃあ、何処に行けば会えるんでしょうか。教えてもらえませんか。どうしても会わなきゃいけないんです」

多分、その次の瞬間を迎えるまで、俺は彼らの会話に、ほとんど注意を払っていなかった。知りたいのは火宮雅が持つ千歳先輩の記憶であり、火宮自身の情報ではないからだ。しかし、いつだって真実は予期せぬ角度から、その正体を現す。

「雅ちゃんなら草薙《くさなぎ》教授のラボにいるみたいだから、そこで会えるよ」

思わず雛美と顔を見合わせてしまった。

「……今、草薙教授って言いましたか？」

「言ったけど。あれ、知り合い？」

「いえ、知り合いではないんですけど……」

草薙は千歳先輩の名字だ。火宮と同様、よくある名字でもない。千歳先輩は父親が研究者だったと言っていた。先輩の親族には、ほかにも研究者がいたのだろうか。

「あの、その教授って女性ですか？」

「いや、男だよ。ほら、ドアのプレートに名前が書いてあるでしょ。草薙暁彦《くさなぎあきひこ》。雅ちゃんは女の子だけどね」

「え、火宮さんは女性……なんですか？」

「あれ、そっちも会ったことないんだ」

千歳先輩の友人だし、火宮雅も同性であると思い込んでいた。冷静になって考えてみれば、雅という名は確かに女性のもののような気もするが……。

「古賀さんの教え子なら素性もはっきりしているし、住所を教えてあげるよ。教授のラボは自宅に併設されているんだけどね。学生や外部の研究者も出入りしているから、行ってみたら良い」

古賀さんの後輩は、手元にあったメモ帳に住所を書き込んでいく。

草薙暁彦なる男が千歳先輩の親戚《しんせき》であれば、五年前に消えた先輩のことも覚えているはずだ。確認しないわけにはいかない。

「ありがとうございます。すぐに訪ねてみます」

「うん。雅ちゃんと会ったことがなかったのなら、きっと驚くと思うよ」

どういう意味だろうか……。

古賀さんの後輩たちは妙な笑顔を浮かべている。

この住所の先にいるのは、一体、何者なのだろう。

気付けば、心臓が奇妙な鼓動を打ち始めていた。

第十六話　たった一人のその人さえも

1

遅い昼食を二人でとった後、教えてもらった住所へと向かった。

草薙暁彦《くさなぎあきひこ》教授の自宅兼ラボは、GPSで確認すると白新《はくしん》駅の近くに存在していた。千歳《ちとせ》先輩が高校から徒歩圏内に住んでいたことを考えても、やはり親戚である可能性が高いように思える。

千歳先輩は、五年前、中学三年生の夏に消えている。当初、会いに行こうと考えていた人物、火宮雅《ひのみやみやび》は先輩のことを認識していないかもしれないが、親族なら確実に覚えていることだろう。


午後四時、雛美《ひなみ》と共に目的地へ到着する。

「何、この大豪邸……」

巨大な鉄柵《てっさく》門が開放されており、足を踏み入れると、中には広大な庭園と洋館が広がっていた。門から真《ま》っ直《す》ぐ伸びる道の先にある洋館が、教授の自宅だろうか。

色とりどりの花が咲き誇る庭園の左手には、もう一棟、全面ガラス張りの建物がそびえていた。小学生の頃、遠足で訪ねた植物園が、あんな作りをしていたような気がする。やはり、たかだか一介の大学教授の自宅とは思えない。

薔薇《ばら》の垣根《かきね》を横目に正面の洋館まで歩き、チャイムを押すとメイド服姿の若い女性が現れた。これだけ巨大な御屋敷《おやしき》である。使用人がいても不思議ではないが、想像外のことが続き、脳の処理が追いつかない。

「あの……白鷹《しろたか》高校の二年生で、杵城綜士《きじょうそうし》と鈴鹿雛美《すずかひなみ》と言います。OGの火宮雅さんが、こちらにいると聞いて訪ねてきました」

「雅様ならラボですね。教授が会合から戻っておりませんので、お一人かと思います。ご案内しましょうか？」

メイド服姿の女性が目線で示したのは、庭園の奥にあるガラス張りの建物だった。

「アポイントメントを取っているわけじゃないんですが、大丈夫でしょうか？」

「ラボへの出入りは自由です」

「分かりました。じゃあ、二人で行ってみます。……あ、すみません。もう一つ、聞いて良いでしょうか。あなたは草薙千歳という人間を知っていますか？」

使用人らしき女性は、少し考え込んでから……。

「いえ、存じ上げておりません」

小首を傾げて、そう答えた。


薔薇の匂《にお》いに包まれながら、庭園の中をラボまで向かう。

「私たち、今日、本当に何をやっているんだろう……」

「千歳先輩を探しているはずだ。多分」

「多分って何？　絶対、迷走しているよ」

「そうか？　ここは先輩の親戚の家だろうし、無駄足にはなっていないだろ」

「仮に親戚の家だったとして、そんなことが何の解決に繋《つな》がるの？　今更、新しい情報なんて得られないと思うな」

「そんなこと聞いてみなきゃ分からない。出来ることは、どんなに無駄と思えることでもすべてやる。それが先輩のやり方だった。俺も倣《なら》いたいんだ」

「前から思ってたんだけど、綜士って千歳先輩のことを信頼し過ぎじゃない？　もう先輩はいないんだよ。今、傍にいるのは私なんだから、もうちょっと私のことを……」

「着いたぞ。少し黙れ」

「綜士ってさ、最初からずっと私の扱いが酷いよね」

愚痴《ぐち》るように呟《つぶや》く雛美を無視して、ガラス扉を開ける。

「何だ、これ」

草薙教授という人物は本当に何者なのだろう。

ラボの中は圧倒されるサイズの機械で埋め尽くされていた。形状にも、サイズにも、統一性がまったくない。それぞれが関連しているのか独立しているのかすら分からない。

「映画みたいだね。マッドサイエンティストの屋敷的な」

蒸気を発する巨大な透明試験管、地面を這《は》う無数の派手な色のコード。似たような風景を、出来の悪い洋画の中で観《み》たことがある。ところどころにデスクが置かれていなければ、研究室と言われても信じられなかったかもしれない。

「それで火宮って人は何処にいるんだろう」

地面を這うコードを踏まないためだろうか。カラフルな鉄の板によって、規則性のない通路がラボ内に確保されていた。


圧迫感を感じながら人影を求めて通路を進むと、やがて開けたスペースへと出た。

視界の先にあるのは、無数のコードが収束する奇妙な物体。外観は古い外車のように見えるが……。

俺たちの足音に気付いたのか、ドアらしき物を開けて、中から一人の女が出てくる。

白衣に身を包んだその人物を見て、思わず息をのんでしまった。見惚《みと》れるほどに均整の取れた外見だったこともある。だが、何よりも驚かされたのは、彼女が肩の下まで伸びる癖《くせ》のないブロンドと、吸い込まれそうなほどに澄んだ青い目をしていたからだった。

「外国人……だよね？　あー。日本語分かりますか？　私たち、火宮雅って人を探してここに来たんだけど」

穏やかな眼差しで俺たちを見つめていた彼女が、雛美の問いを受けて微笑《ほほえ》む。

「私はこの国で生まれ育った日本人ですよ」

返ってきたのは、流暢《りゅうちょう》な日本語だった。そして……。

「はじめまして。火宮雅です」

2

草薙千歳《くさなぎちとせ》が唯一の友人と語った火宮雅《ひのみやみやび》は、北欧の血を引いているらしい。

小さな顔とブロンドの髪、青い瞳《ひとみ》のせいで、至近距離に立っているのに、ともすれば精巧な人形に見えてしまう。先輩の友人の外見なんて想像したこともなかったけれど、あまりにも意外な展開で、戸惑いを隠せなかった。

「白鷹高校の生徒が私に何の用ですか？」

自己紹介を終えると、早速用件を問われる。

「単刀直入に聞きます。火宮さんは草薙千歳をご存じですか？」

先輩の名前を出すと、彼女は下顎《したあご》に手を当て、視線を斜め下に落とした。

先輩は彼女のことを高校の同級生と話していた。高校で知り合った友人であれば、五年前に消えた先輩のことは覚えていないはずだが……。

「……どうしてだろう。彼のことを随分と長い間、忘れていました」


長い沈黙の後で、火宮雅はそう告げた。

それから、表情の消えた顔で俺たちを見据える。

「あなたたちは何者ですか？　どうして千歳のことを？」

「良かった。無駄足じゃなかった。詳しい事情は話せないんですが、俺たちは千歳先輩の友達で、彼のことを調べています。どんな些細《ささい》なことでも良い。知っていることを教えてもらえませんか。火宮さん、あなたは千歳先輩といつ知り合ったんでしょうか」

「十二年前です。小学校の同級生でした」

「じゃあ、幼馴染《おさななじ》みってことですか？」

「その回答は幼馴染みをどう定義するかによって変わりますね。こちらも同じ質問を良いでしょうか。あなたは千歳を先輩と呼んでいますが、いつ彼と知り合ったんですか？」

どう答えたら良いだろう。千歳先輩は五年前、中学三年生の夏に消えている。高校で知り合ったという理屈では通じないだろう。

「……知り合ったっていうか、最近、先輩のことを知ったんです。でも、分からないことが沢山あって、それで、本当はどんな人だったのか知りたいなって」

我ながら要領を得ない話をしていると思った。

「不躾《ぶしつけ》なお願いになりますけど、あなたと先輩の関係を教えて頂けませんか」

「私たちの関係を『友人』以外の言葉で説明するなら、『同志』と述べるのが適切かもしれませんね。私たちは子どもの頃から、同じ目標に向かって研究を進めていました」

「じゃあ、先輩もここにいたんですか？」

「ええ。それも知らなかったんですか？」

「……はい。あの、お二人は何の研究をしていたんでしょうか？」

「見て分かりませんか？」

彼女は先程まで自分が乗っていた外車らしき物体を指差す。

「……車を作っている？」

的外れな回答だったのか、彼女は肯定も否定もせずに笑い出す。それから……。

「デロリアンと言えば、答えは一つでしょう？　これは、タイムマシンです」

3

「私たちが何も知らないと思って、からかってるわけ？」

反射的にくぐもった声で雛美《ひなみ》が問う。

「タイムマシンなんて作れるわけないじゃん。意味分かんない」

火宮雅《ひのみやみやび》に不審の眼差しを向けた雛美の気持ちは、よく分かる。彼女が口にした単語は、あまりにも馬鹿らしいものだったからだ。

しかし、十六周目の世界で、千歳《ちとせ》先輩はこう言っていた。

『タイムリープに巻き込まれた人間は、五年前の時震《じしん》を境に世界から消える。ならば救う方法は一つだ。タイムマシンを作って彼らが消える前の時代へ向かい、消失以後の世界に移動させれば良い。ちょうど僕はタイムマシンの研究をしていてね。それが完成すれば、君の親友も母親も救い出せると思うんだ』

あの日、俺は先輩が性質《たち》の悪い冗談を言っているのだと思った。だから、

『そういう冗談はやめて下さい。不可能な仮定の話は、さすがに気分が悪いです』

今日の雛美と同様、先輩の提案を頭ごなしに否定している。

つい数秒前まで、あの日の先輩の言葉は冗談だったのだと理解していた。

いや、今だって気持ちは変化していない。

タイムマシンなんて、あまりにも馬鹿げた話である。

だが、示し合わせたわけでもないのに、彼女は千歳先輩と同じ単語を口にした。


「本気で言っているんですか？　タイムマシンを作れるって、あなたは本気で……」

俺たちが世界を繰り返している時点で、常識なんて既にあってないようなものだ。もしも、彼女の言葉が真実なら、消えた人間を取り戻せるかもしれない。どんなにわずかな可能性でも、希望があるなら賭《か》けてみたい。

「座って話をしましょうか。丁度、脳が糖分を欲していたんです。ティータイムにしましょう。あちらで待っていて下さい。紅茶を淹《い》れますから」

手狭なスペースに置かれていたテーブルを指差し、彼女は奥に消えていった。

「綜士《そうし》、あの女の話を信じてるの？」

睨むような眼差しで雛美に見つめられる。

「まさか。眉唾《まゆつば》どころの話じゃないだろ。だけど、無視は出来ない。先輩にも言われたことがあったんだ。タイムマシンの研究をしているって」

「……冗談でしょ？」

「俺もそう思ってたさ。でも……」

言葉を続けるより早く、火宮雅がトレイを手に戻ってきた。

薔薇の刻印が入ったティーポットとカップがテーブルに置かれる。

「砂糖はお好みでどうぞ」

三つのカップに紅茶を注いだ後、彼女は手元の器に、シュガートングで取った角砂糖を次々と投入していく。

「……砂糖入れ過ぎじゃない？　偏屈な理系って皆こうなのかな」

俺に体を寄せて、雛美が小声で呟く。

聞こえているのか、いないのか。

火宮雅は涼しい顔で、紅茶を口に運んでいた。

「それで、本当にタイムマシンなんて作れるんですか？　て言うか、あれ車ですよね」

出された紅茶には手も伸ばさずに、雛美が問う。

「タイムマシンと言えばデロリアンですからね。観たことありませんか？　『バック・トゥ・ザ・フューチャー』」

……そういうことか。

見覚えがある車だと思っていたが、有名な映画の中でタイムマシンの道具となっていた外車だったのだ。

「千歳と私の研究テーマは、大別すれば宇宙物理学理論にカテゴライズされるものです。噛《か》み砕《くだ》いて言えば、一般相対性理論と特殊相対性理論を駆使した……」

「ちょっと待って！」

引きつった顔で雛美が口を挟む。

「当たり前のように話を進めようとしてるけど、何を言っているのか、さっぱり分からない。て言うか、微塵も噛み砕かれてないし」

「そうでしたか？　私、説明が苦手なんですよね。では、時間の進み方が森羅万象《しんらばんしょう》に共通でないことはご存じだと思いますが……」

「いや、普通にご存じじゃないんですけど」

再び話の腰を折られ、今度は火宮雅が表情を曇らせる。

この人、こんな話を普通の高校生が理解出来ると、本気で思っているんだろうか……。

「……つまり時間というのは絶対的ではなく相対的な概念ということです。あなたにとっての一秒が、私にとっても同じ一秒であるとは限りません」

「あー。その話は聞いたことがあるかも。あれでしょ。好きな人と一緒にいる一分と、熱いストーブの上に手を置いた一分では、感じ方が違うとか何とかって奴。でも、そんなの気持ちの問題じゃん」

「いいえ。場合によっては、実際の時間も変わります。例えば新幹線や飛行機の搭乗者が身につけた腕時計は、平常環境下に比べ、針の進みが遅くなります。高速で進むと時間は遅くなりますからね。これが特殊相対性理論」

再び雛美が頬を引きつらせていたが、彼女は構わず続ける。

「一方、一般相対性理論は速度ではなく重力に関係する話です。強い重力場の下では、やはり時間の進み方が遅くなります」

「そんなのレオナルド・ダ・ヴィンチだったかアインシュタインだったかが適当に言った仮説じゃないの?」

「本当に何も知らないのですね」

「自分に無関係なことに興味を抱けるほど暇人じゃないもの」

「万人が相対性理論の恩恵を日常的に受けているんですけどね。衛星軌道上では重力の影響が大幅に減少します。あなたの携帯電話がＧＰＳシステムをリアルタイムに使用出来るのは、衛星側の内蔵時計に補正がかけられているからなんですよ」

「……でも、そもそもの話に戻れば、相対性理論なんてタイムマシンに何の関係があるわけ？　小難しいことを言ってるけど、タイムマシンなんて妄想でしょ。だって、そんな物作れるわけがないもの。無駄な研究に意味なんてあるんですか？」

「意味のない研究を続けるほど、自虐的な人間ではありませんね」

「じゃあ、どういう理屈で過去に行こうって言うのさ」

「原点に辿り着かずして、時間遡行《そこう》の可能性は模索出来ません。過去へ戻るには、『ゼロの壁』を越える必要があります。速度と重力をコントロールすることで、時間の経過を限りなくゼロに近付けること。それが現在、腐心している研究です。もちろん、こんなラボの設備で実行出来ることではありませんから、デロリアンは器としてのお遊びでしかない。ですが、白紙さえあれば設計図を描くことは出来ます」

話は半分も理解出来ていない。

それでも、彼女が本気で話していることだけは分かった。

「あの、正直に告白します。俺たちも過去に行きたいんです。五年前に戻って、どうしてもやらなきゃいけないことがある。どんなことでも協力しますから、俺たちも過去に連れて行ってもらえませんか？　あなたの研究が完成する可能性はどれくらいあるんでしょうか。絶対にやらなきゃいけないことが俺には……」

「タイムマシンが完成する可能性は、０％です」

微笑を浮かべたまま、彼女が告げる。

「現代の科学技術を無視して仮定するなら、理論上、時間の経過を限りなくゼロに近付けることは出来るでしょう。しかし、質量あるものが光速を越えられない以上、ゼロの壁を越えることは不可能です。人類は過去へは移動出来ない」

それじゃあ、先輩たちを取り戻すことは……。

「おかしくない？　意味のない研究は続けないって言ったじゃん。矛盾《むじゅん》してるでしょ」

火宮雅は紅茶に口をつける。

「もうすっかり冷めてしまいましたね」

「はぐらかさないで私の質問に答えてよ」

「紅茶を淹れ直しましょうか。こんな温度じゃ、溶ける砂糖も溶けなくなる。まだ話を続けたいなら、淹れ直した後で聞きますよ」

そんな言葉を残して、彼女は再び奥へと消えて行ってしまった。

「期待させるだけさせておいて、肩透かしだったね」

彼女の姿が見えなくなると、置かれていたクッキーに手をつけながら雛美がぼやいた。

「あの金髪、私たちのことを小馬鹿にしてそうで、妙にイラッとするんだよな。青い目も羨ましいし」

十六周目の世界で、先輩は彼女を『性格に少々難のある人物』と評していた。実際、無知な俺たちのことを、心の何処かで見下してはいるのだろう。

「ねえ、あそこに写っているのって千歳先輩じゃない？」

振り向くと、洋書が山積みになっているデスクの隅《すみ》に、写真立てが置かれていた。立ち上がって覗《のぞ》き込むと、写っていたのは三人の子どもたちだった。

「小学生の頃に撮ったのかな」

中央で腰に手を当てて立っている金髪の少女は火宮雅だ。

「千歳先輩って子どもの頃から髪が長かったんだね」

火宮雅の右隣に立つ千歳先輩は、髪型も相まって女の子にさえ見える。

「左の男の子は誰だろう。この子もラボのメンバーなのかな」

「いいえ。違います」

振り返ると、ティーポットを手にした火宮雅が背後に立っていた。

その顔に表情が浮かんでいない。

「彼は六年前に死んだんです」

……六年前に死んでいる？

千歳先輩や彼女は二十歳だから、六年前なら中学二年で経験した出来事だろう。

「それは……ご愁傷さまでした」

「気遣《きづか》いは不要です。あなたたちは彼にも私にも無関係ですから」

冷めた口調で告げると、彼女は椅子《いす》に腰を下ろし、再び紅茶を注いでいった。

「お二人にも淹れましょうか？」

「いえ、俺はもう結構です」

「私もいりません。それより、さっきの話の続きを聞かせて欲しい」

雛美の言葉を受け、再び彼女の口元に意味深な笑みが浮かぶ。

「先程話した通り、タイムマシンは作れません。ただし、あくまでも現状の理論ではということです。速度と重力をコントロールするだけでは、ゼロの壁を越えられない。新しい理論が必要になります」

「その新しい理論というのは見つかりそうなんですか？」

「明日、見つかるかもしれないし、百年経《た》っても見つかっていないかもしれません」

「じゃあ、やっぱり無駄な研究をしているってことじゃん」

「無数の研究者が、様々な分野の研究に没頭しているのです。誰かが辿り着いた成果が、思わぬ場所で花開くことも珍しくありません。時空に干渉出来るのは何も速度と重力だけじゃない。圧力や張力も時間を歪める源に成り得ます。一部の理論物理学者が提唱するように、ガンマ線バーストには平行世界からの示唆《しさ》に富むメッセージが含有されているかもしれないし、ホワイトホールもまた期待値の高いブラックボックスでしょう」

「何言ってんだか全然分からないけど、新しい理論が見つかったとしても、実用化の研究は、それから始まるんでしょ？　耄碌《もうろく》した後で研究が完成したって意味ないじゃん」

「それも間違いですね。何故《なぜ》なら、これがタイムマシンだからです。研究が完成するのは私が百歳になってからかもしれない。しかし、完成したとすれば、将来の私は必ず過去の自分の前に現れるでしょう。私が研究を続けているのは、今、この手でタイムマシンを完成させるためではない。未来の自分が、私のために目的を果たすためです」

「……本気でそんなことが起きると思ってるの？」

雛美が吐き捨てる。

「その理屈が正しいなら、どうしてまだ未来人が現れていないわけ？　死ぬまでタイムマシンが作れなかったからじゃないの？」

「あなたの言う通りかもしれません。どれだけ研究を続けても無駄足になるかもしれない。ですが将来のことは誰にも分からない。分からない以上、信じて戦うしかない」

火宮雅の双眸《そうぼう》が真っ直ぐに俺を捉える。

「あなたは過去に戻ってやらなければならないことがあると言っていましたね。私も同じです。タイムマシンを作らなければ、叶えられない願いがある。速度と重力をコントロールしてもゼロの壁を越えられないように、理屈をどれだけ並べても希望はゼロに至りません。だから私は死ぬまで、絶対に諦めない」

この想いの強さを、俺はよく知っている。

何があっても希望を捨てない。それは、千歳先輩の友人に似つかわしい姿だった。

このまま彼女の思考にあてられていたら、頭がおかしくなってしまうかもしれない。

本人が帰ってくるのを待つつもりだったが、今、聞いてしまった方が良いだろうか。

「もう一つ、質問があります。このラボの責任者である草薙暁彦《くさなぎあきひこ》教授と草薙千歳の関係性を知っていますか？」

「あなたは本当に不思議な人ですね。そんなことも知らずに、ここへ来たのですか？」

「名字が同じですし、親族なのは分かるんですけど……」

俺の言葉が的外れだったのか、彼女は苦笑いを浮かべる。そして……。

「二人は親子です」

それが、告げられた。

『僕は子どもの頃に、研究者だった父親を自殺で失っている。ずっと父を救えなかった自分を責めて生きてきたが、ある時からこう思うようになった。本当に責められるべきは、自殺なんかを決断してしまう弱い心だ。一人で生きている人間なんていないのに、そんなことに気付きもせずに自分の命を絶つなんていうのは、最低最悪に傲慢《ごうまん》で愚かな行為だ。この世の中で最も忌《い》むべき弱さの一つなんだ！』


過去の記憶が甦《よみがえ》ると同時に、恐怖にも似た混乱が全身を走り抜ける。

千歳先輩の父親は自殺によって死んだはずだ。

先輩が消失したことで、過去が変わったのか？

……いや、違う。それだけはない。

過去、千歳先輩を含めて十六人が世界から消失しているが、誰が消えてもタイムリーパー以外の行動に目に見える変化はなかった。先輩が消えても、彼の父親が辿る人生は変化しない。少なくとも、これまでのルールではそうだった。


「……それ、嘘ですよね？」

俺の指摘に対し、彼女は首を傾げる。

「少なくとも私に嘘をつく理由はありませんね」

「千歳先輩の父親は自殺しているはずです。そう、本人から聞いています」

「だとしたら千歳が嘘をついたのでしょう」

「千歳先輩は嘘をつくような人じゃありません」

「しかし、事実として教授は生きています。仮に、その正体が誤解されたままのレミングであっても、教授が自殺することはないでしょう」

心まで見透かすような、冷めた眼差しが突き刺さる。

「短い時間でしたが、お二人の知性の底は見えました。あなたたちに千歳を理解するだけの頭脳があるとは思えません。そんなあなたたちを千歳が信用することもなかった。それがこの話の結論ではないでしょうか」

「そんなの！　それこそ、あんたに何が分かるのよ！」

雛美が声を荒らげる。

「何にも知らないくせに！　私たちが、私と綜士と千歳先輩が何と戦ってきたのか、あんたは何も……」

「父親が自殺をした。それ以外に、千歳は何か話しましたか？　二人とも私のことを名前以外は知らなかった。教授が千歳の父親であることさえ知らなかったんですよね。私が知る限り、千歳はあなたたちに意味のある話を何一つしていない」

言い返す言葉が見つからない。確かに俺たちは何も知らなかった。崩れ始めた壁の向こうから、疑念が湧《わ》き上がる。

本当は、俺たちはまるで信頼されていなかったのだろうか？

俺たちは先輩に、意味のない嘘までつかれていたのだろうか？


「自殺したのは教授ではありません。私たちの親友です」


彼女は物憂《ものう》げな眼差しで、デスクに飾られた写真を見つめる。

目の前で、芹愛《せりあ》が回送電車の前に身を投じたあの日。

時震が発生したことを悟ると、千歳先輩は父親のことを早口でまくし立てた。

自殺する人間を赦さない。絶対に止めたい。だから、自分に会いに来て欲しい。迫真の形相で俺にそう懇願《こんがん》した。けれど、すべては……。

「千歳が嘘をついた理由は、私には分かりません。ただ、あなたたちが彼にとって有象無象《うぞうむぞう》の存在でしかなかったことは分かります」

「不愉快なので、もう二度と、千歳の友人を自称しないで下さい」

4

「ちょっと、綜士《そうし》！」

気付けば、逃げるようにその場を走り出していた。

千歳《ちとせ》先輩は嘘をつくような人じゃない。

善良で、正義感に満ちていて、本気で俺たちのことを心配してくれていて、誰よりも頼りになる人だ。そう思うのに、信じているのに、激しい胸の動悸《どうき》が止まらない。


ラボの扉を開け、庭園に飛び出す。

「待ってってば！」

手首を強く雛美《ひなみ》に摑まれ、引き戻されるようにたたらを踏む。

「落ち着きなよ！　誰も追いかけてなんてこないから！」

振り返ると、雛美の言葉通り、誰の姿も見えなかった。

「あんな何も知らない奴の言うことなんか気にする必要ないよ。タイムマシンを作ってるとか有り得なくない？　ただのサイコパスじゃん」

「……でも、千歳先輩の父親は生きていた。自殺なんてしていなかった」

薔薇に囲まれた庭園を歩きながら告げる。

「過去が変わったのかもしれないじゃん。千歳先輩が消えたせいで……」

「誰が消えてもタイムリーパー以外の行動は変わらない。それはお前も知ってるだろ」

「そうかもしれないけど、でも……だからさ、やっぱり、こんなこと無駄だったんだよ。安奈《あんな》さんを助けることだけ考えたら良いんだって」

雛美の忠告通りだったということなのだろうか。

わざわざこんな場所まで来たのに、残ったのは噛み砕けない胸のつかえだけだった。


白新駅へと向かう薄暮の帰り道。

自分でも驚くほどに、足に力が入らなかった。

「俺、少し休んでから帰るよ。眩暈《めまい》がするんだ」

人気《ひとけ》のない公園を見つけ、立ち止まる。

「大丈夫？　顔、青白いよ」

鏡など見なくても分かる。

きっと、俺は今、酷い顔をしているのだろう。

ベンチに腰掛けると、雛美も遠慮がちに隣に座った。

数分前に見聞きした何もかもが嘘みたいだった。

千歳先輩は誰よりも信頼出来る人であり、絶対に嘘なんてつかない。

そう、今日まで無条件に信じてきたような気がする。しかし、そんな信頼のすべては、独《ひと》りよがりな思い込みに過ぎなかった。

たった一人の親友が消失した時、世界には頼れる人がいなくなった。

訳も分からないまま、一人ぼっちで途方に暮れて、そうやって弱っていた時、俺は千歳先輩と出会った。千歳先輩が現れてくれた。

頼りたかった。すがりたかった。誰でも良いから助けて欲しかった。だから、俺はあの人のことを、自分について何も語らないあの人のことを、馬鹿正直に信頼して……。

それなのに、たった一人のその人さえも……。


いや、違う。それでも、先輩が本気で俺たちを助けようとしていたことは事実だ。

裏に隠された動機はあったかもしれない。だが、自分と関わりのある人間が消えたわけでもないのに、先輩は誰よりも真剣にタイムリープを止めようとしてくれていた。

先輩は裏切り者なんかじゃない。

先輩は、千歳先輩は、世界でただ一人の……。

「どうして先輩は綜士に嘘をついたんだろう」

沈みかけの夕陽《ゆうひ》を見つめながら、雛美が囁《ささや》く。

「嘘はついちゃ駄目だよね」

厚顔無恥な発言に苛立《いらだ》ちが増す。

「お前がそれを言うのかよ。嘘つきはお前もだろ」

「いつまでも昔の話を蒸《む》し返さないで。私はもう嘘なんてついてないもん」

悪びれた様子もなく、すまし顔で雛美は断定する。

「綜士ってさ、千歳先輩にだけ甘いよね」

「……それ、何が言いたいわけ」

「先輩のアイデアにはすぐ追従するし、失敗したって責めないのに、同じタイムリーパーの私には厳しいって話。もうちょっと私を信頼しても良いと思うんだけどな」

こいつはどういう気持ちで、こんなことを言っているんだろう。

振り返ってみても、鈴鹿雛美《すずかひなみ》という人間のことが、ずっと分からなかった気がする。

そして、多分、俺は今日まで、それで良いと思いながら生きてきた。

俺には千歳先輩という頼れる相手がおり、救うべき対象は、あくまでも芹愛《せりあ》と安奈さんの二人だった。同じタイムリーパーではあるものの、感覚的に雛美は、いつだって対象の枠外にいる人間だったのだ。

しかし、頼りの千歳先輩が消え、芹愛には拒絶され、今、傍にいるのは彼女一人だ。

結局、いつだって、気付けば隣にいたのは雛美だった。

泰輔《たいすけ》さんのお見舞いに行った時も、陸上選手権を観に行った時も、頼んでもいないのに雛美はついてきた。どれだけ邪険にされても、十月十日には隣にいようとしていた。芹愛の背中を追いかけるだけの俺を、そうやって頑《かたく》なに守ろうとしていた。


本当は感謝しなければならないのだと思う。そう、頭では分かっている。

だが、こいつが心を披瀝《ひれき》しないから、嘘ばかりで本音が見えないから、気持ちを誤魔化すようにあしらってしまう。根本の動機に思い当たる節がないせいで、優しくされることに釈然とせず、素直になることも出来ない。

もうずっと、俺はそんな風に雛美を雑に扱ってきた。

そうやって、きっと、こいつを傷つけてきた。


これからも、また……。

「俺、お前に話さなきゃいけないことがある。お前にとってはつらい話で、納得するのも難しい話だと思うけど、やっぱり黙っていることは出来ない」

「何の話？　改まってそういうことを言われると怖いね」

「十六周目の世界で、俺たち三人にだけタイムリープが発生する理由を、千歳先輩が突き止めたんだ。同時に、お前自身も気付いていなかった、鈴鹿雛美の正体を、先輩は解き明かした」

「……私の正体？」

「お前、五年前に鈴鹿家の父親に拾われたんだろ？　それから、無戸籍解消の手続きをされて、『雛美』という名前をつけられて、緒美《つぐみ》と同じ誕生日をもらった」

「誰に聞いたの？　そんな話」

低い声で尋ねられたが、問いを無視して話を続ける。

「千歳先輩の推理を聞いた時、お前は激怒していた。俺が伝えても同じことになるだけだと思ったから、今日まで黙っていた。でも、自分が本当は何者なのか、お前は知らなきゃいけないと思う」

強張った眼差しが俺を捉えていた。

「……昨日は黙っていたくせに、どうして今日になってそんなことを？」

「もうちょっと私を信頼してって、お前が言ったんじゃないか。だから、そうすることにした。どうする？　先輩が突き止めた真相を聞く覚悟はあるか？　心の準備がしたければ、日を改めても良いけど」

一度うつむいてから、雛美はすぐに首を横に振った。

「今、聞かせて。覚悟なんて、こんなことが始まった日から、ずっと出来てる」

「そうだな。そりゃ、そうだ」


それから、俺は、千歳先輩に聞いた鈴鹿雛美の真実を、一連の現象の発生原因を、自分でも上手く消化出来ないまま、彼女に伝えていった。

一度、警告めいたクッションを挟んだからか、それとも、仮説の提唱者である千歳先輩が既に消えているからか、俺の説明を聞いても、雛美が激昂することはなかった。

説明の合間に挟まれる質問がどんどん少なくなり、最後には、雛美は沈痛の面持ちで黙り込んでしまう。

そんな彼女を見ているだけで、こちらの胸まで苦しくなっていった。


結局、雛美は千歳先輩の仮説に対し、最後まで肯定も否定も口にしなかった。

自身への審判を受け入れるように、ただ、沈みゆく太陽の光に照らされている。

焦燥を隠せない顔で遠くを見つめる彼女の横顔が、ただ、ひたすらに哀しかった。

5

せっかく一番話しにくかったことを伝えられたのだ。

別れる前に、聞くべきことを聞いておきたい。今日、質問出来なければ、きっと次はもっと口にしづらくなる。駅までの道を並んで歩きながら、そんなことを考えていた。


白新駅に辿り着き、それぞれの路線のダイヤを確認する。

雛美《ひなみ》が乗車する電車がホームにやってくるのは、八分後だった。

並んでベンチに座り、話を切り出すチャンスを窺《うかが》っていると……。

「さっきから何でこっちをチラチラ見てるの？　何か言いたいことでもあるわけ？」

「……言いたいことは特にないよ。でも、聞きたいことならある」

「それって訂正する必要あった？　口にするって意味では一緒じゃん。それで、何？」

促《うなが》された状態で迷っていても仕方ない。

「お前のタイムリープのきっかけってさ、本当は古賀《こが》さんの死じゃないんだろ？」

核心を言葉にすると、一瞬で彼女の顔が曇った。

「先輩に聞いたことを俺は正直に話した。そろそろお前にも正直に話して欲しい」

俺を睨みつけたまま、雛美は口を開かない。

「古賀さんは夜行祭で時計塔から落ちたりしない。今日、大学で彼に会って確信したよ。お前が古賀さんに片想いをしているという話は嘘だ」

「……十六周目の世界で、私がそう言ったわけ？」

「お前からは何も聞いてない。でも、そうとしか思えない。だって、そうだろ。古賀さんが夜行祭の最中に死ぬのなら、芹愛《せりあ》よりも先にお前がタイムリープしていなきゃおかしい。安奈《あんな》さんが死ぬのは、夜行祭が終わった後だからな」

八回のタイムリープを経て、芹愛は安奈さんを救うために、俺を消さなければならないと悟った。そして、芹愛が夜行祭の最中に、俺を時計塔に呼び出したのだ。

雛美がタイムリープに至ったその時、時計塔から落下したのは……。

「なあ、もう嘘をつくなよ。お前にまで嘘をつかれたら、誰も頼れなくなる。俺にはお前しか味方がいないんだ」

いつの間にか雛美の顔から怒りの色が消えていた。

「一つ、質問させて。一日経って頭は冷えた？」

「何の話？」

「綜士《そうし》は今もあの最低な女のことが好きなの？」

「最低な女って誰？　そんな知り合いいないんだけど」

「芹愛のことに決まってるじゃん」

反論もせずに断言された。

「結果的に消えたのは千歳《ちとせ》先輩だったけど、あいつ、綜士の父親を消そうとしたんだよ。綜士の父親が消えるのを承知で、もう一度、綜士をタイムリープさせるために死んだんだからね。まだ目が覚めないの？」

「その話は昨日もしただろ。芹愛だけが悪いわけじゃない。俺も同罪だ」

「でも、あいつが最低なことには変わりないじゃん。どうして芹愛のことばかり庇《かば》うの？あんな奴のことをいつまで……」

「俺は昔、あいつに取り返しがつかないことをしてしまった」

雛美は過去の周回で、俺の過ちを聞いたことがあるのだろうか。答えは分からないし、知りたいとも思わないけれど。

「償えるなら、どんなことでもしたいんだ。もうこの気持ちはどうしようもない」

「歪んでるよ。綜士が恋だと思い込んでいる感情は、ちょっとおかしい。芹愛を大切にすることと、芹愛の言いなりになることは違うでしょ？　どうしてそれが分からないの？」

「歪んでいるならいるで構わないさ。芹愛を守れるなら、それで良い」

雛美は再び俺を睨みつける。

「じゃあ、私も嘘なんてついてない。私が守りたいのは古賀さんだもん」

「何だよ。『じゃあ』って」

やっぱり雛美は真実を話さない。

「『じゃあ』なんて言ってない」

「言っただろ。お前、呼吸するみたいに嘘をつくよな」

「綜士、記憶障害なんじゃないの」

小馬鹿にするように告げて、そのまま雛美は黙り込んでしまった。

6

どうしていつも上手くいかないんだろう。

どうして俺は失敗を繰り返してしまうんだろう。


一人、電車に揺られながら、そんなことばかり考えていた。

『やれることを全部やってみよう。それがベストを尽くすということだ』

十六周目の世界で、千歳《ちとせ》先輩はそう言っていた。

消えてしまった人間について調べたところで、今更どうにもならない。そう分かっていたけれど、やれることをやってみようと思った。千歳先輩のやり方を踏襲すれば、希望が見つかるかもしれないと思ったのだ。

しかし、結果はどうだ？

これを滑稽《こっけい》と呼ばずして、何を滑稽と呼べば良いのだろう。

あがいた先に存在していた真実は、失望と落胆しか孕《はら》んでいなかった。

俺は千歳先輩のことを尊敬さえしていたのに。

草薙千歳《くさなぎちとせ》にとって杵城綜士《きじょうそうし》は、信頼を預けるに足る人物ですらなかったのだ。


……だが、考えてみればそれも当然だろうか。

すべては他人の尊敬を得られるような人生を歩んでこなかった俺の自業自得だ。

気に食わない少女を泥棒に仕立てあげて。

己の過ちからは逃げるくせに、利己的な欲望にだけは忠実で。

つきまとって、遠目に観察を続けて、本当に、本当に、どうしようもないくらいに気持ち悪い男だ。俺はそういう男なのだ。

それでも、先輩は俺を見捨てたりしなかった。

一騎《かずき》も、雛美《ひなみ》も、愛想をつかさずに、こんな俺の友達になってくれた。

たった一つや二つ嘘をつかれていたくらいで、捨て鉢になどなるものか。

芹愛《せりあ》と安奈《あんな》さんを救える人間は俺しかいない。

二人を救わない限り、消えてしまった人々に顔向け出来やしない。

電車を降りて、自宅に向かう足が震えていた。

芹愛にこっ酷《ぴど》く拒絶されたのは、つい昨日のことである。

たった一日で、あいつの頭が冷えるとは思えない。それでも……。

織原《おりはら》家のチャイムを押すと、現れたのは予想通り安奈さんだった。

安奈さんは芹愛と姉妹であることが嘘みたいに、いつ会っても笑顔が絶えない。芹愛に話があると告げると、すぐに安奈さんは妹を呼びに行ってくれた。

しかし、案の定……。

「ごめんね。芹愛、調子が悪いから誰とも会いたくないって」

申し訳なさそうな顔で安奈さんが告げる。

「どうしたんだろう。今日も普通に学校に行っていたのにな」

俺に会いたくないが、理由も話したくない。それが芹愛の本音なのだろう。

また、俺は芹愛に必要のない嘘をつかせてしまった。

正直者のあいつを歪めてしまうのは、いつだって……。

「一つ、伝言をお願いしても良いでしょうか」

「もちろん。何を伝えたら良いの?」

「五年前に彼女が教室で嘘をついた理由。それを、本人から聞いたと伝えて下さい」

不思議そうな顔で安奈さんは首を傾げる。

「意味、分かんないですよね。でも、そのまま伝えてもらえたら芹愛には通じるので」

「暗号みたいだね。何だか楽しそうで良いな」

俺と芹愛の間に、凍てつくほどの空気が流れているなんて、夢にも思っていないのだろう。安奈さんは悪戯《いたずら》な笑みを浮かべていた。

中途半端《ちゅうとはんぱ》な伝言ではあるが、芹愛には意図が伝わるはずだ。

あいつが死ぬまで誰にも話さないと誓っていた秘密。

五年前、自分に泥棒の濡《ぬ》れ衣《ぎぬ》を着せようとした少年を守った理由。

『私が五年前、綜士を庇ったのはね。綜士に憧《あこが》れていたからだよ』

それをタイムリープした後で伝えてくれれば、一つ前の周回で自分が心を許したことに気付けると思う。そう、芹愛は言っていた。少なくとも十六周目の世界で、芹愛はそう確信していた。今はあの日の彼女の言葉を信じるしかない。

7

週末の土曜日と日曜日、俺は自宅から出ることが出来なかった。

雛美《ひなみ》が時計部で待っていると分かっていたけれど、今は何を話せば良いか分からない。

安奈《あんな》さんからの伝言を聞き、芹愛《せりあ》は何を思っただろうか。

時折、窓から向かいの家を覗いて確認しているものの、織原《おりはら》家に目に見える変化はなかった。いつものように安奈さんが二人分の洗濯物を干していたし、芹愛はそれを手伝っていない。部活のために登校したのかも分からなかった。

明日は月曜日だ。

芹愛はともかく、登校すれば雛美とは顔を合わせることになるだろう。あいつは我慢強い性格でもない。そろそろぶち切れて、芹愛に詰め寄っても不思議ではない気がする。

風呂《ふろ》から上がり、既視感のある深夜のスポーツニュースを見ていたら、固定電話が着信音を鳴らした。日付も変わろうかという時刻に電話が鳴ったことは、十六周目の世界でもあった。速まる鼓動を感じながら受話器を耳に当てると、

『遅くにごめん。芹愛だけど』

聞こえてきたのは向かいの家に住む彼女の声だった。

一度、同じ体験をしたことがあったからだろうか。動揺せずに通話に応じることが出来た。子機を持って自室へ上がり、カーテンを開けると、織原家の二階の窓から芹愛がこちらを見つめていた。

『お姉ちゃんから伝言を聞いた』

「うん」

『そんなこと私が綜士《そうし》に話すわけないって思ったけど、私以外に私の気持ちを知っている人はいないし……だから、多分、そういうことなのかなって』

「そんなこととか、そういうこととか、抽象的な言葉が多いな」

『だって……。だってさ……』

言葉に詰まった芹愛の気持ちが、珍しく理解出来た。

子どもの頃、俺に憧れていたなんて、芹愛は誰にも悟られたくなかったに違いない。それを、よりにもよって一番知られたくない相手に知られたのだ。

「俺だけお前のことを知っているのはアンフェアだから、先に要点だけ話すよ」

『……うん』

「俺と五組の鈴鹿雛美《すずかひなみ》もタイムリープを経験している。俺は三回、雛美は四回だ。お前にとってこの一年が、十回目だってことも知っている。だから今は十七周目の世界だ」

『……十七周目？　冗談……なんか言わないよね』

「ああ。後で詳しく説明するけど、とりあえず先に知っておいて欲しいことを伝えさせてくれ。俺のタイムリープは、お前が十月十日の夕方に駅で死ぬと発生する」

『え……。私が死ぬの？　でも、だって……え？』

「何をやっても安奈さんを助けられないなら、せめて自分のタイムリープに、これ以上誰も巻き込まないようにって、そう考えたらしい。実際に、回送電車の前にお前が飛び込む瞬間を、俺は見ている」

予想外の事実に、言葉を失っているのだろうか。

しばしの沈黙を経てから、

『……ごめん。ちょっと、頭の整理が追いつかない』

いつも以上に低いトーンの声が、鼓膜に届いた。

「無理もないさ。俺も最初はそうだった」

『誰かを消さないために、自殺しようとするっていうのは想像がつくの。でも、その後が分からない。どうして私が死ぬと、綜士がタイムリープするの？　私はお姉ちゃんが死ぬと、心と頭がおかしくなってしまう。それで地震が起きて、過去に飛ぶんだって思ってた。だけど綜士は関係ないじゃない。無関係なのに、どうして？』

「……無関係ってことはないだろ。高校も同じだし、向かいの家に住んでる」

『でも、私が死んだって別に綜士は……。むしろ……』

「むしろって何？　俺が喜ぶってこと？」

聞かなくても良いことを聞いてしまう。

『だって、綜士は私を嫌っているでしょ』

告げた芹愛の声が微《かす》かに震えていた。


正直に言えば、あんな男に好かれているなんて気持ち悪い。俺は芹愛に、そう思われていると考えていた。

放課後、陸上部でハイジャンプを繰り返す芹愛の写真を、数えきれないくらいに撮っている。不審に思われないよう、細心の注意を払っていたとはいえ、とっくに気付かれているのだろうと覚悟もしていた。

しかし、そんな理解は完全に間違いだったらしい。

芹愛は俺に好かれているなんて思っていなかった。十六周目の世界で告白した時も驚いていたし、本当に、微塵も予期していなかったのだろう。

きっと、芹愛の中で杵城《きじょう》綜士《そうし》という男は五年前のままなのだ。

泥棒の濡れ衣を着せようとするほどに、自分のことを嫌っている幼馴染み。

好きな人を、ただ、ありのままに好きでいる。

たったそれだけのことが、どうしてこんなにも難しいんだろう。


「嫌ってないよ。お前のことを嫌ってなんていない」

『そっか。もう五年も前の話だもんね』

「本当に最低なことをしたと思っている。ずっと、後悔しながら生きてきたんだ。あの日の自分が、今は殺したいくらいに憎いよ。だから、お前に謝りたかった」

『別に……もう何とも思ってないよ。後になって責めるくらいなら、あの時、言葉にしていた。それに、現実では五年前の出来事かもしれないけど、私の体感では十五年前の話だもの。哀しかったことも、苦しかったことも、もう、よく思い出せない』

何て言葉を返せば良いのか分からなかった。

今更、赦して欲しいとか、都合の良いことを言うつもりはない。ただ、俺が謝罪することで、少しでも彼女の中の溜飲《りゅういん》みたいな何かを下げられたら良いと思っていた。だが、嫌な記憶を忘れられているのなら、これ以上蒸し返すなんて……。

『私が死ぬと綜士がタイムリープするのは、五年前のことを後悔しているから？』

芹愛がそう思うのなら、それでも良いと思った。本当のことを告げたところで、誰も得をしない。俺なんかに好かれて嬉《うれ》しいはずがないし、振られるだけの俺の気持ちにだって救いなんてない。

だけど、それでは雛美がやっていることと同じかもしれない。自分の気持ちに嘘をつくようじゃ、雛美に対して何かを言う資格はない。

「五年前のことを後悔しているのは間違いないけど、そのせいでタイムリープするわけじゃないよ」

『そうなの？　じゃあ、どうして？』

「……お前と安奈さんを、俺は子どもの頃からずっと見てきた。早くに母親を亡くしたお前が、安奈さんを心の拠《よ》り所《どころ》にしていることも、理解しているつもりだ」

どれだけ目を凝《こ》らしても、この距離では表情までは分からない。

「世界で一番大切に想っている人が死ぬと、お前はタイムリープするんだろ」

窓の向こうから、芹愛は視線を剝《は》がさずに、真っ直ぐに俺を見つめている。

「俺も同じだよ。世界中の誰よりも、お前に幸せになって欲しかったんだ」

小さく、芹愛が口を開けたのが分かった。

それから、幾許《いくばく》かの沈黙を経て。

『……真面目《まじめ》に話しているのに、冗談はやめて』

受話器の向こうで、芹愛はそんな風に告げた。

「約束するよ。俺は本物の屑《くず》だけど、死ぬまでお前にだけは嘘をつかない。もう二度と、あんな後悔は繰り返さない」

『でも……そんなのおかしいじゃない。綜士が私を……なんて』

「気持ち悪いよな。馬鹿みたいだよな。自分でもそう思うよ。でも、そうなってしまったんだから仕方ないだろ。ああ……。安心して。別に何も期待なんてしていないから。本当に、ただ、お前が幸せになってくれたら、それで良いんだ。だからさ、安奈さんを助けるために、これからの一ヵ月だけで構わないから、俺を邪険にしないで欲しい。どうしてこんな現象が俺たちの身に起きているのか。どうすれば安奈さんを助けられるのか。きちんと説明させて欲しい。明日、時計部の部室に来てくれないか？　雛美と一緒に、安奈さんを助けるための方法を……」

『ちょっと待って。タイムリープが私たちに起きる理由を知っているの？』

「ああ。それも分かってる。千歳《ちとせ》先輩が……あ、えーと、時計部にいた、髪が長くて、背の高い先輩を覚えてる？　あの先輩がすべてを解き明かしたんだ。先輩は最後のタイムリープで消えてしまったから、明日は俺が説明することになるけど」

『……分かった。時計部に行けば良いのね』

「先にもう一つ伝えておく。多分、雛美はお前と会ったら、十六周目のことで激昂すると思う。腹が立つだろうけど、話を聞いてやって欲しい」

『よく分からないけど、じゃあ、それも覚えておく』

「うん。頼むよ。俺も雛美も授業には出ずに部室にいる。お前の好きな時間に来てくれ」

8

九月十四日、月曜日。

浅薄《せんぱく》な俺の予想は二つ、外れることになった。

生真面目な芹愛《せりあ》が時計部に現れたのは、放課後になってからのことだったし、芹愛と対面して、即座に雛美《ひなみ》が頭に血を上らせるということもなかった。

人間の想像力なんてものは、所詮《しょせん》その程度ということなのだろう。だからこそ知っていることの何もかもを二人に話して、相談する必要があるのだ。

もう二度と繰り返すことのないこの一ヵ月を、どう過ごすべきか。

運命の十月十日に、どんな道を選ぶべきなのか。

後悔のない未来へ辿り着くために、俺たちは最善の決断を下さねばならない。

三人での話し合いは、一日だけでは終わらなかった。

翌日、九月十五日は、芹愛も朝から部室にやってくる。

論題の順序さえ整理出来ない俺の話に、二人は何度もストップをかけ、その日も会話は右往左往することになった。

千歳《ちとせ》先輩が辿り着いた仮説を芹愛に説明し切っても、話し合いは終わらない。タイムリープした周回でそれぞれが見てきた風景を、検証し合う必要があったからだ。


太陽が沈み、ようやくすべてが理解された後で、芹愛は、

「私は本当に最低なことをしたと思う」

俺と雛美に対して、深く頭を下げてきた。

「タイムリープをすれば大切な人が消えてしまうと分かっていたのに、その痛みを誰よりも分かっているつもりだったのに、私は……」

「全員が異常な精神状態だった。火災に巻き込まれて、安奈《あんな》さんは不運な事故で……。冷静な判断なんて誰にも出来なかったんだ」

「そんなこと言い訳にならない。私は最低の人間だ」

「同意の上だった。お前一人が悪いわけじゃない。目の前で安奈さんが死んだんだぞ。安奈さんを守るために、何度も気が狂うほどの時間を繰り返してきたのに、希望の欠片《かけら》を見

せられた後であんなことになったら、誰だって……」

「綜士《そうし》、お願い。私を庇わないで」

懇願するような眼差しで、芹愛に見つめられる。

「私が自分のことを心底最低だって思うのは、その時の気持ちが想像出来てしまうからなの。綜士が同意してくれなかったとしても、きっと、私は皆の声を無視して……」

手の平で顔を覆《おお》い、芹愛はうつむく。

「私は弱虫で、身勝手な人間だ。本当に自分が大っ嫌い。どうして私は、こんなにも醜《みにく》い心の持ち主なんだろう」

「それが分かっているなら、もう良いよ」

無表情に話を聞いていた雛美が口を開く。

「私にあんたを赦す権利なんてないけどさ。一応、言っておいてあげる。自分が最低なことをしたって自覚しているんなら、もう良い。ただし、もしもう一度、綜士をタイムリープさせたら、今度は絶対に赦さない」

強張った眼差しのまま芹愛は頷く。

「それから、もう一つ。あんたは知らないだろうけど、千歳先輩は私たちのために全力で戦ってくれていた。その先輩を消してまで最後のチャンスを手に入れたんだから、絶対にお姉ちゃんを救って。もう二度と失敗しないで」

「分かってる。仮にお姉ちゃんを救えなくても、もう一度繰り返そうなんて……」

「救えなかった場合の話なんて聞きたくない。あんたは絶対にお姉ちゃんを救うの。あんたに許されている道は、それしかない。失敗した時のことなんて考えないで」

……多分、これは雛美なりの励《はげ》ましの言葉なのだろう。


雛美が芹愛を嫌う根本の要因は、俺が芹愛を好きでいることなのかもしれない。

四日前、雛美は俺の想いを根本から否定してきた。罪悪感を恋と勘違いしているだけだと主張してきたのだ。指摘の真偽はともかく、振り返ってみても、出会った頃から、雛美は芹愛に対して刺々《とげとげ》しかったように思う。

けれど今、なすべきことだけを見据えて、雛美は芹愛の力になろうとしていた。

ようやく、俺たちは前回の周回と同じスタートラインに立てたのだ。


「それで、これからの話なんだけど、綜士は今回、どうするつもりなの？」

「基本的には前回の動きを踏襲したい。八津代《やつしろ》町から出れば、恐らく安奈さんは因果《いんが》から解放される。十六周目の世界では、午後十時四十分過ぎまで生きていたからな。ただ、事故の直前に、俺が安奈さんを呼び止めているせいで、すべてが偶然だったと言い切ることが出来ない。だから、前回とは異なる状況を作って確かめるべきだと思う。芹愛は安奈さんと一緒に県外の別のホテルに宿泊してくれ。俺も八津代町を出るけど二人には同行しない。別行動を取って、接触を完全に絶とうと思う。それで多分、すべてが明らかになる」

「なるほどね。じゃあ、当日、綜士のことは私が見張るよ。やっぱり芹愛たちを見に行きたいとか言い出したら、全力で止めてあげる」

茶化《ちゃか》すように言った雛美の本音は、今、俺が想像している通りだろうか。

「分かった。じゃあ、当日、お姉ちゃんを連れ出すのは任せて。ほかに何か協力出来ることはある？」

「……強《し》いて挙げるなら、八年前に佐渡《さど》で起きた時震を調べることかな」

「佐渡の時震？　それを調べると何か分かるの？」

「その時震がきっかけで平行世界が生まれ、五年前の時震で、雛美がこちらの世界に飛ばされてきたんだ。千歳先輩の仮説が正しいなら、俺たちが経験している現象の根幹の原因は、八年前の時震にある。その時震について調べれば、この状況を覆すための何か新しい情報が得られるかもしれない」

「じゃあ、佐渡まで行ってみる？　綜士が行くなら私も付き合うよ」

「そうだな。気になることは、どんな些細なことでも確かめておきたい。困難に直面した時、本当に大切なのは、そういう諦めない気持ちだと思うから」

所詮、精神論だ。自分でもそう分かっている。

だが、精神論で何が悪い。

諦めないことで変わる世界もある。繰り返し続けた日々で、俺はそれを学んでいる。

「綜士、少し変わったね」

俺を見て、雛美が笑っていた。

「何がだよ」

「卑屈になっていた頃より、格好良い。今の方が良いと思うよ」

「……別に、当然だろ。俺のせいで、一騎《かずき》も、母親も、先輩も消えたんだ。投げやりになんてなれない。そんなことをしたら、二度と自分を赦せなくなる」

「私も付き合わせて。私のせいで九人も消えたんだもの。協力させて欲しい」

真っ直ぐに、芹愛が俺たちを見つめていた。

「……多分、無駄足になるだけだぜ」

「構わない。たとえ無駄足でも、後悔を積み重ねるより、ずっと良い」

「分かった。じゃあ、旅行の計画を立てて、三人で佐渡まで行こう。あ、でも、その前に八年前の新聞記事を調べなきゃかな。先輩が消えたから、その時震がいつの出来事なのかも分からないし」

「じゃあ、その仕事は私に任せて。八年前の地方紙を調べたら良いんだよね。明日にでも新潟に行って、図書館で……」

「ストップ！」

早口でまくし立てた芹愛を遮《さえぎ》る。

「だからさ、今回はそういうことも一人でやろうとするなよ。せっかく仲間になったんだ。三人で協力しながら情報を集めよう」

「……そっか。そうだよね。分かった」

「やっと、あんたも素直になってきたみたいだね」

申し訳なさそうな顔で頷いた芹愛を見つめながら、雛美が笑って見せた。


あれだけ状況を変えた十六周目の世界でも駄目だったのだ。

きっと、この世界には覆せない因果律《いんがりつ》のようなものがある。

だが、たとえ失敗したとしても、何もかもがなかったことになるわけじゃない。


今度こそ、本当に最後の周回になる。

後悔だけは絶対に残すわけにいかなかった。

第十七話

君が見つけてくれたから

1

結論から言えば、それからの二週間は、徒労と失望で塗《ぬ》り潰《つぶ》されることになった。

三人で佐渡島《さどがしま》まで行き、八年前の時震《じしん》について徹底的に調べたが、新しく分かったことは何一つとしてない。

五年前に八津代町《やつしろ》で発生した時震と同様、佐渡でも地震計に記録は残っておらず、物理的な被害も発生していなかった。当時のことを覚えていた島民に話を聞いても、耳にする情報は既知のものばかりだった。

消失した千歳《ちとせ》先輩の自宅を探し求めたことも、遠く、佐渡に出向いてみたことも、無駄足に終わってしまった。気持ちとは裏腹に、状況は微塵《みじん》も前進していない。

失望は容易に心の弾力を削り取る。

佐渡での調査が徒労に終わった後、一度解散することになった俺たちが再び時計部に集まったのは、芹愛《せりあ》の父、織原泰輔《おりはらたいすけ》さんの葬儀が終わった翌日のことだった。

十月三日、土曜日。

白鷹《しろたか》高校、南棟三階、時計部の部室に静謐《せいひつ》な時が満ちていた。

本日は前回の周回で、記憶をノートに書き取った日である。十五周目の世界で雛美《ひなみ》が書いたノートが、十六周目の世界に復元したように、夜になれば俺の記憶を記したノートが部室に復元するだろう。

運命の十月十日まで、あと一週間である。

その夜を越えた先に、どんな哀しみが待ち受けているのか。今はまだ想像も出来ない。

ただ、これが最後の十月十日になるのは間違いなかった。

タイムリープを引き起こす要因、余剰の時間は、七ヵ月と三週間残っている。俺と雛美には再度の跳躍を行うチャンスがあるが、仮に今回失敗したとしても、俺たちは再挑戦を選ばない。安奈《あんな》さんを救うために思いつく手段が、もう存在しないからだ。

「綜士《そうし》がノートを書き終わったのって、何時頃だったの？」

「正確な時刻は覚えてないけど、日が落ちた後だよ」

窓から差し込む陽射《ひざ》しが、橙色に染まり始めていた。

「この引き出しの中に入れたんだよね」

木製机の引き出しの中は、依然として空っぽのままである。

「ああ。覚えていることは全部話したから、新しい情報はないだろうけどな」

「そうかな。……そうは思えないけど」

芹愛が意味深に呟く。

「どういう意味？」

「言葉の通り。綜士は覚えていることを全部話したって言うけど、素直にはそう思えないなって意味。別に責めているわけじゃないけどね」

「……いや、本当に全部話したと思うよ。何か思い当たる節があるのか？」

内奥でも見透かすように、芹愛は俺を見つめる。

「そうやってとぼけているってことは、復元するノートにも書かれていないのかな。理由があって黙っているんだろうし、口出しする必要はなかったかもしれない。ごめん」

「いや、そんな意味深なこと言われたら気になるじゃん。綜士、何か隠していることがあるの？　あるならちゃんと話してよ。新しい手がかりが見つかるかも」

天井を見上げて考え込む。

俺が芹愛に話していないことは一つだけ。雛美の真の想い人が、古賀将成《こがしょうせい》では有り得ないという一点のみである。ただ、それに芹愛が気付けるとは思えない。ほかに何か、忘れていることがあるのだろうか。

「……ああ」

「分かったの？　何？　何を隠していたわけ？」

「芹愛が気付いていることとは違うだろうけど、一つ、雛美に話していないことがあった。でも、これって俺が言って良いのかな」

「何？　大事な話？　とりあえず話してから考えなよ。喋って良いことだったのか、私が判断してあげる」

「理屈はともかく、言っていることは、あながち間違っていないかもね」

雛美への意外な援護が、芹愛から届いた。

「こんなこと言えた義理じゃないけど、私がもっと早く皆と話し合っていたら、もう少し早くここまで辿り着けたかもしれない。だから、やっぱり知っていることは、すべて話して欲しい」

今、俺と芹愛が思い描いている内容は、それぞれ異なっているはずだ。そして、俺の頭の中にある話が、事態の解決に影響を及ぼすこともない。これは、そういう類《たぐ》いの話である。それでも、二人が聞きたいと願うのなら、

「十六周目の世界を始めたのは雛美だったから、前回の周回で、お前と千歳先輩は四月に出会っているんだ」

「そうだろうね。今回も私は四月に先輩を探したもの」

「俺がタイムリーパーとしての記憶を取り戻すまで、お前と千歳先輩は五ヵ月間、二人だけで調査を行っていた。それで、何だろう。俺も未《いま》だに信じられないんだけど……」

「何で急に歯切れが悪くなるわけ。さっさと話してよ」

「本当、何でそんなことになったのか、疑問なんだけど……」

「だから何さ。もったいぶらないでよ」


「千歳先輩、お前のことが好きだったらしい」


次の瞬間、間の抜けたような顔で、雛美が小さく口を開けた。

「まあ、何て言うか、話していなかったことは、それだ」

「……先輩が……私を？」

雛美の頬が朱に染まっていく。

「俺も最初は冗談だと思ったんだけどな」

「何でよ」

「いや、だってさ。論理的に考えたら整合性が」

我ながら失礼な言葉だったが、既に雛美の耳には届いていなかった。

「ふーん。そっかぁ。先輩が私をかー」

まんざらでもなさそうな顔で、雛美は狭い時計部の部室を歩き出す。

「神経質なもやしかと思っていたけど、意外と人を見る目があったんだな。私のことを好きだったか。まあ、実は見どころのある男だって気もしていたんだよね」

調子の良いことを……。

「ねえ、先輩、私の何処が好きだったの？　詳しく教えてよ」

「……あんまり覚えてない」

「嘘ばっか。それ覚えてる奴の顔じゃん。先輩の遺言みたいなものなんだから、ちゃんと聞かせて。愛《いと》しの雛美ちゃんが覚えててあげるからさ」

千歳先輩が自分のことを好きだった。

自分に好意を寄せている人が、世界にいてくれた。

ただ、それだけの事実が、雛美にはたまらなく嬉しいのだろう。

もともと喜怒哀楽の激しい女だが、こんな風に手放しで浮かれる姿を見るのは、初めてのことかもしれない。

「本当に詳しい話は聞いてないんだ。誰よりも自由なところが良いとか、容姿にも惹《ひ》かれているとか、そんなことを言ってた気がするけど、覚えているのはそれくらい」

雛美はガラスキャビネットの奥に貼《は》られた鏡を覗き込む。

「私のキューティーでビューティーな魅力に気付くとは、良い趣味してるわ。先輩、十五周目の世界では、そんな態度、見せてなかったんだけどなー」

「一緒に過ごした期間が違うからだろ」

「ねえ、ほかには私のこと何か言ってた？　もっと聞かせてよ」

「本当に俺が聞いたのはそれくらいだよ。先輩、告白するつもりはなかったみたいだし」

「何で？」

「何でって言われても……」


雛美が好きなのは杵城綜士《きじょうそうし》だから、自分の想いは叶わない。告白する意味がない。

そんな言葉を俺が伝えるわけにはいかないだろう。

と言うか、今、それを告げたら、この場がどれだけ混乱するか想像もつかない。


「……叶わないと分かっているからって、先輩は言ってた」

「へー。そんなの分かんないじゃんね。そりゃあ、まあ、私は高嶺《たかね》の花だけど」

「自分で言うなよ」

「でも……。出来ればそういうことは本人から聞きたかったな」

打って変わって神妙な面持ちで雛美は呟く。

「千歳先輩、手紙を書いていたんだ」

「手紙？」

「ああ。俺たちがノートに記憶を書きとっていた時、先輩も手紙を書いていた。文章に起こす行為は、内奥を明らかにするとか何とか、哲学的なことを言ってた。先輩、渡すつもりがないからって捨てようとしていたから、俺が止めたんだよ。時間が経てば気持ちが変わるかもしれないだろ。それで、先輩は手紙をカルメンクロックの中にしまった」

目線でその位置を伝える。

「時計の中に？　分解したってこと？」

「いや、前面のガラス窓を開けると、小物をしまえる空間があるんだ」

俺の言葉を受け、雛美が窓を開ける。

もちろん、時計の中には何も入っていなかった。

「十六周目で安奈さんを救えていれば、先輩の気持ちを聞けたのかもな」

「そっか。残念」

「……そうかな。それ、違うんじゃない？」

カルメンクロックを見つめて芹愛が呟く。

「私は千歳先輩のことを、ほとんど知らない。でも、凄く頭の良い人なんだろうなってことは分かるよ。その賢い人が、捨てるつもりで手紙なんて書くかな」

「どういう意味？」

雛美の問いには答えず、芹愛は俺を見据える。

「綜士、その手紙に触ったんじゃない？」

「触ったって言うか、封蝋《ふうろう》とかって道具で手紙を閉じるって言われて、興味があったから蝋《ろう》を垂らす作業をやらせてもらった」

「やっぱり。それ、先輩が意図的に仕向けたんだよ。千歳先輩は綜士に手紙を閉じさせることで、自分が消えた時のために保険を残したんだ。そうとしか思えない」

確信を込めて芹愛が告げたが、

「あの時点でそんなこと考えるかな。芹愛だって自殺をしないって宣言していたんだぜ」

「でも、実際には私が病院の屋上から飛び降りたわけでしょ？　十月十日に想定外の事態が起こるかもしれない。そう考えて、先輩は手紙が復元するように仕組んだんだよ。自分が消えてしまっても、雛美に想いを伝えられるようにって」

先輩が手紙をしまったのは、俺がノートを書き終えた後のことだ。

「……まあ、その時を待てば分かることか。手紙に蠟を落としたのも、時計の中にしまったのも俺だったと思う。言われてみれば、復元の条件は満たしている気がする」

予期せぬところから話が進展し、今日という日の価値が重みを増す。

記憶を書き留めたノートの復元は、俺にとってさほどの意味を持たない。

しかし、先輩が書いたラブレターであれば……。


木製机の中でノートが復元したのは、午後八時過ぎのことだった。

「本当に過去の出来事が復元するんだね」

ここまできて疑っていたということもないだろうが、芹愛は手にしたノートを見つめながら、感嘆したように囁いた。

記憶を書き留めていたノートが復元した以上、千歳先輩のラブレターもまた、同様に復元すると考えて良いだろう。その時は、もう、すぐ傍まで迫っている。

『恋というのは時に残酷だと、さっき言っただろう？　僕の想いは叶うはずがない。何故なら彼女が世界で一番大切に想っている男は別にいるからだ』

雛美の想い人は俺だと分かっているから、自分は告白しない。

千歳先輩はそう話していた。もしも手紙の中で、先輩が雛美自身の気持ちに言及していたとしたら、雛美はどう反応するのだろうか。

復元したノートの中に、未伝達の事実は記されていなかった。

それは、俺の記憶が正しかったことの証明にほかならなかったし、単純に喜ぶべきことでもある。ただ、既に俺たちの関心は次なる復元へと移っていた。

そして、ノートの復元から三十分後、ついにその時が訪れる。

カルメンクロックの中に、千歳先輩の手紙が復元したのだ。

手紙の表面は、記憶の通り封蠟で閉じられていた。

「これが先輩の遺書……」

取り出した手紙を見つめながら、雛美が意味深に呟く。

「そういう冗談はやめろよ」

「冗談じゃなくて照れ隠しだもん」

口をとがらせて、雛美は俺たちに背中を向けた。

「ラブレターなんてもらうの初めてだから、読んでいる顔を見られたくない」

「心配しなくても覗いたりしないよ。ゆっくり読んだら良い」

背中を向けたまま、雛美はこくりと頷く。

それから、封を破り、雛美は便箋《びんせん》に目を落とす。

しかし、十秒もせずに……。

「これ、ラブレターじゃないみたい」

訳が分からないといった顔で、雛美が振り返る。

差し出された手紙の一枚目には、わずか数行の文面しか綴《つづ》られていなかった。

『雛美。君はこの手紙が恋文であると綜士に聞いたはずだ。だが、それは間違っている。今、そこに綜士がいるな？　僕の推理が正しければ、芹愛もいるはずだ。二枚目以降の手紙は、三人で同時に読んで欲しい。絶対に一人では読み進めないでくれ』

「ねえ？　これどういうこと？」

困惑の眼差しで雛美に見つめられたが、俺にも何が何だか分からなかった。

「先輩の指示通り、三人揃《そろ》っているわ。先を読みましょう」

芹愛に促され、雛美が便箋をめくる。

それから、俺たちの前に提示された真実は、まるで……。

2

『この手紙を君たちが読んでいるということは、僕はもうこの世にいないのだろう。現代の日本で、こんな文章を綴る日がくるとは夢にも思っていなかったが、現実というものは存外、奇異な出来事で満ちているらしい』

草薙《くさなぎ》千歳《ちとせ》の手紙は、諧謔《かいぎゃく》めいた言葉から始まっていた。

『本題に入る前に、二つの嘘について謝罪したい。一つ目の嘘は、この手紙の真意が虚偽であったことだ。この手紙を確実に読んでもらうために、僕はこれから、綜士《そうし》に雛美《ひなみ》宛《あ》てのラブレターを書いたと告げる。雛美が僕を恋愛対象として見ていないことは明白だし、そういう意味では、彼女を傷つけることもないと推測するが、少なからず気持ちを弄《もてあそ》んでしまったことだろう。雛美には申し訳ないことをしたと思っている。ただ、自らの名誉のために断言させてくれ。僕が雛美に対して恋愛感情を抱いているなどという事実は存在しない。沽券《こけん》に関わる論題なので、そこはしっかりと否定しておきたい』

「まあ、別に傷ついたわけでも、振り回されたわけでもないんだけどさ」

面白くなさそうな顔で、雛美が不満の声を上げる。

「ここまで強く否定することなくない？　沽券に関わるとか、むしろ私に失礼じゃん」

「でも、ホッとしたよ。先輩が雛美を好きだって言った時、ちょっと複雑だったし」

「はあ？　何で綜士が複雑なわけ」

「いや、だって先輩にはもうちょっと理性的な人がさ」

「どういう意味？　それ、私のことを馬鹿にしてるでしょ」

「ねえ、次の便箋に進んでも良い？」

俺と雛美のやり取りに呆《あき》れ顔を浮かべながら、芹愛《せりあ》が先を促す。


『二つ目の嘘は、綜士と初めて出会った周回での僕の発言だ。既に取り返しがつかなかったこと、嘘をついた理由が容易に想像出来たこと、種々の理由で訂正してこなかったが、ずっと心に引っかかっていた。結論から言えば、僕の父親は死んでいない』


あれは本当に嘘だったのか……。

千歳先輩が世界から消失したことで、彼の父親の未来が変わった。そんな可能性も考えてしまったわけだが、やはり誰かが消失することでタイムリーパー以外の五年間が変わることはないのだ。

『僕はかつて親友を自殺で失っている。そして、彼が死を望んだ理由は、今も分かっていない。誰にでも触れられたくない過去があるものだが、僕にとっては彼の死こそがそれに当たる。よって君たちに説明出来る事情もここまでだ。父が自殺したと方便を述べたのは、次の周回でも確実に会いに来てもらいつつ、自分の心も守るためだろう。あの日、僕は自分を守るために嘘をついた。重ねて、謝罪を記したい』

火宮雅《ひのみやみやび》に会いに行った際、訪れたラボには、三人の少年少女が写った写真があった。写真の中にいたもう一人の少年が、自殺したという親友だろう。

『本題に入ろう。この手紙は、君たちの身に起きている現象を解決することを主目的として書かれている。しかし、無用な期待をさせたくないので、最初に断っておく。これから僕は君たちに、ある選択肢を提示する。そして、そこにハッピーエンドはない。誰もが幸せになれる未来は存在しない。君たちに出来るのは、守るべき人間を選ぶことだけだ。全員を救うことは出来ない』

ハッピーエンドはない。そんなこと、とっくに分かっていたけれど……。

『十六周目の世界で、僕は織原安奈《おりはらあんな》と共に十月十日を越えることを目指している。つまり僕が消えたということは、彼女を救えなかったということだ。余剰の時間の問題で、芹愛の身にタイムリープが発生しなかったことも推測出来る。時間遡行者が彼女であれば、巻き込まれるのは僕ではないからな。雛美のタイムリープに巻き込まれた可能性はわずかに残るが、今回、過去に飛んだのは、十中八九、杵城綜士《きじょうそうし》だろう』

ここまで、千歳先輩の推理は完璧に当たっていた。

『自分が消える可能性を考えていたのに、何故、それを防げなかったのか。君たちが抱いているだろう疑問にも回答しよう。綜士のタイムリープに巻き込まれて僕は消えてしまったわけだが、この事態を想定していたにせよ、そうでなかったにせよ、君たちは責任を感じなくて良い。何故なら、織原安奈を救えなかった場合に限り、僕は自らの消失を甘受するつもりでいるからだ。十月十日の夜に織原安奈が死んだなら、僕は君たちから距離を取る。未来の選択を、タイムリーパーである君たちに委《ゆだ》ねるためだ』

安奈さんが病院で亡くなったと知った、あの時、

『頭の中を整理したい。少し一人にしてくれないか』

雨に打たれながら、先輩は俺と雛美にそう告げている。あの時の言葉は……。

『十七周目の世界を僕は望んでいない。織原安奈が救われ、タイムリープが終わるのであれば、それが最善だと信じている。仮に、彼女を救えなかったとしても、タイムリープが終わるのであれば、それで満足すべきだとも思っている。そういう意味では、これから伝える選択肢は僕の本意ではない。出来るなら、避けたかった未来だ』

一体、先輩は何を言わんとしているのだろうか。

心臓の鼓動が速まるのを感じながら、次の便箋をめくる。

『確信に至った仮説を整理する内に、僕は希望と言い切るには残酷に過ぎる、一つの選択肢に気付いてしまった。そして、この選択肢を知ったら最後、君たちは必ずそれを実行することになるだろう。同時に、癒《い》えない痛みを負うことにもなるはずだ。だから、最後に警告しておきたい。君たちには、次の便箋を読まないという選択肢もある。今度こそ織原安奈を救い、まだ見ぬ未来を三人それぞれに生きる。そういう道も残されているんだ。よく考えて決めて欲しい。重ねて言うが、これは僕が君たちに送る最後の警告だ』

「先輩、意味深なことを書いてるけど、どうする？」

「普通に次の便箋も読むでしょ」

即答したのは雛美だった。

「『癒えない痛みを負う』とか大袈裟《おおげさ》だよ。もうこれ以上ないくらい痛んでるもん」

ろくに考えてなさそうな雛美に倣うのは不本意だが、同意せざるを得なかった。

あらゆるものを失い続けた俺たちは、既に傷だらけと言って良い。

「芹愛はどう思う？」

「私も傷が増えるのは構わない。それに、タイムリープの謎《なぞ》を解き明かした先輩が、何に気付いたのか知りたい」

次の便箋に目を通すことを躊躇う者は、一人もいなかった。

「全員が同じ意見だな。じゃあ、先輩の次の言葉を読もう。それから、どうするか考えたって遅くはないはずだ」

きっと、何年経っても、何十年経っても、忘れられない出来事というものがある。

小学生の時に、芹愛を傷つけたこともそうだし、俺にとってはこの瞬間の記憶もまたそうだった。

『希望と言い切るには残酷に過ぎる、一つの選択肢』

多分、あの時、俺たちは誰一人として、千歳先輩の言葉を正しく理解していなかった。

そのせいで、ほとんど迷うこともなく、次の扉を開いたのだけれど……。

眩暈がするほどの絶望は、既に、俺たちの肩に手をかけていた。

3

十月四日、日曜日。

チャイムの音で目覚め、寝惚《ねぼ》け眼《まなこ》でデジタルクロックに目をやると、時刻は既に午後一時を回っていた。明け方まで眠れなかったせいだろう。

ぼんやりしていると、再び、自宅のチャイムが鳴る。

過去の周回で、日曜日に来訪者の対応をした記憶はない。

不穏な思いを抱きながら扉を開けると、玄関先に立っていたのは芹愛《せりあ》だった。

「もしかして今起きたところ？　寝癖《ねぐせ》ついてるよ」

そこで自分がパジャマ姿のまま出てきてしまったことに気付く。

「あ……。ごめん。ちょっと待ってて、顔、洗ってくる」

こんな格好で芹愛の前に立つなんて恥ずかし過ぎる。早口に告げて、慌てて家の中へと引っ込むことになってしまった。

乱暴に顔を洗い、素早く歯を磨《みが》き、寝癖を直す。

なかなか戻らないことに呆れて、芹愛が帰っていたらどうしよう。そんな不安も抱きながら舞い戻ると、芹愛は変わらず玄関先に立っていた。

「お待たせ。リビングに上がっていてもらえば良かったかな」

「別に、ここで大丈夫。綜士《そうし》の答えを聞きたかっただけだから。残された時間は一週間もないでしょ。一日でも早く結論を出さないと……」

「早く結論を出すべきっていうのは賛成だ。でも、決めるのは俺じゃない気がする」

「じゃあ、雛美《ひなみ》に決めさせるの?」

「そりゃ、そうだろ。他人が判断して良い問題だとは思えない」

「そうかな。私は逆だと思う。雛美に判断を委ねたら、絶対に千歳《ちとせ》先輩が提示した選択肢を選ぶよ。二択は成立しない。先輩の案を拒絶出来るのは、綜士だけだと思う」

「そうだとしても、お前がそんなことを言ってくる理由が分からない。先輩の選択肢を否定するってことは、つまり……」

「分かってるよ。それでも良いの。綜士と雛美がそうすべきと思ったなら受け入れる。だって、あんな選択肢、強制出来るわけないじゃない」

「いや、出来るだろ。少なくとも物理的には可能だ。俺や雛美がどれだけ反対したところで、お前がそうと決めたら……」

「出来ないって。ここまできて、そんなこと、するわけないでしょ。だから綜士に判断して欲しいって言ってるんじゃない」

きっと、このまま何時間話し合ったところで平行線だ。そんな気がした。

こんな問いに正しい答えなど見つかるはずがない。

だから、朝まで眠れなかったのだ。


「無理だよ。俺には決められない。雛美に選んでもらうしかない」

「……じゃあ、あのことは雛美に話さないの？」

「あのことって？」

「昨日も誤魔化してたよね。千歳先輩が雛美のことを好きだったとかって言って」

「それは本当の話だろ。実際には嘘だったみたいだけど、俺が先輩にそう聞いていたのは事実で……」

「綜士が雛美に話さなきゃいけないことって、本当はそんなことじゃないでしょ。彼女に未来を委ねるなら、なおのこと誠実にならなきゃいけないんじゃないの？」

「……あのさ、昨日から本当に分からないんだけど、お前、何を言わせたいんだ？」

俺を見つめる芹愛の瞳に、軽蔑にも似た色が浮かぶ。

「雛美がタイムリープしていたのは、綜士が死ぬからでしょ？」


確信のこもった声色で、それが告げられた。

「時系列を整理した時に、おかしいと思ったの。だって、古賀将成《こがしょうせい》なんて人の死がタイムリープの原因になっているなら、雛美は私より先にタイムリープしているはずだもの。二週間、一緒に過ごして確信した。あの子は本当の気持ちを隠すために嘘をついている。雛美、綜士のことが好きなんでしょ？　そして、綜士はそれに気付いてる」

「そんなの……俺にだってよく分かんないよ。タイムリープをするまで、あいつとは喋ったこともなかったんだぞ。何があるとそんなことになるのか……」

「正直に告白するね。私、綜士を消すしかないんだと思ってた。だって私とお姉ちゃんが死んでも、その後で綜士がタイムリープするなら意味がないんだもの。私に気を遣って誤魔化していたんだろうけど、はっきり言ってくれて良いよ。雛美がタイムリープをした周回では、私が綜士を時計塔から突き落としたんでしょ？」

「やっぱり……お前は勘違いしているよ」

「勘違い？」

「お前は俺を時計塔から突き落としてなんかいない。お前にそんな度胸はない。俺は五年前のことを、死ぬほど後悔しながら生きてきた。恥ずかしくて、悔しくて、あの瞬間をやり直したいって、そんなことばかり考えながら生きてきた。だから、お前が俺に消えて欲しいと思ってるなら、それを悟ったなら、自分で飛び降りると思う」

「そんなことあるわけ……」

「あるんだよ。本当に、お前のためなら迷わず死ねる程度には、後悔していたんだ。だから、お前が俺を殺したなんてことはない。それだけは絶対にない。千歳先輩だってそう確信していた。ただ、それ以外は多分、お前の推理通りだと思う。雛美が俺を想っているとか、今でも訳が分からないけど、あいつは昔から俺を知っていたみたいだ」

「本人からそう聞いたの？」

「いや、緒美《つぐみ》だよ。あいつの姉に聞いたんだ。俺が五年前に失くした懐中時計を、雛美が持っているらしい。俺が知っているのは本当にそれだけだ。雛美に好かれているなんて言われても、まったくピンとこない」

「直接、本人と話したら良いのに」

「話したさ。古賀さんなんて無関係なんだろって尋ねたこともある。でも、あいつは認めなかった。今回も、以前の周回でも、適当な嘘ではぐらかされてばかりだ」

「だからもう諦めたってこと？　本当にそれで良いの？　雛美はずっと、綜士のことを守っていたのかもしれないのに……」

鈴鹿雛美《すずかひなみ》は嘘つきだ。

出会った頃から、あいつは嘘ばかりついている。

「どうして、あんなに本当の気持ちを隠そうとするんだろうな」

「そんなの決まっているじゃない。これ以上、傷つくのが怖いからだよ」

憐《あわ》れむような眼差しで、芹愛はそう断言した。

「多分、そういうことだよ。私たちが口を閉ざすのは、いつだってそういう時だもの。綜士。私たちにはあと六日間しかないんだよ。お願いだから、もう後悔はしないでね」

4

その日の夕刻。

『今から学校で会えない？　話したいことがある』

携帯電話に雛美《ひなみ》から一通のメールが届いた。

一も二もなく肯定の返事を送り、薄暮の中、白鷹高校へと向かう。

白稜祭《はくりょうさい》の初日は、六日後、十月十日だ。

昨日から学園祭に向けての本格的な準備が始まっている。今日は日曜日だというのに、学校にはまだ大勢の生徒が残っていた。

時計部の部室に着くと、呑気《のんき》な顔で雛美がチョコレートをかじっていた。

「早かったね」

「メールをもらって、すぐに家を出たからな」

「暇人じゃん。もうちょっと有意義な毎日を送りなよ」

「そんなの無理に決まってるだろ」

「まあ……無理だよね。少なくとも、今はまだ」

滑《すべ》り出し窓に目を向けると、ほとんど日が沈みかけていた。

「それで話したいことって何？」

「場所を変えても良い？　見てみたい景色があるの」

雛美はポケットから銀色の鍵《かぎ》を取り出す。

「吹奏楽部ですって嘘をついて、教務室から借りてきちゃった」

「音楽室の鍵か？」

「まさか。音楽室になんて行ってどうするのさ。私、楽器なんて弾《ひ》けないよ」

「じゃあ、何処の鍵だよ」

「隣」


幾つもの時計が掛けられている壁を見つめる。

「そっちじゃないって。逆側。綜士《そうし》って意外と鈍《にぶ》いよね。時計塔の入り口の鍵だよ。吹奏楽部の部員が、夜行祭開始の合図を時計塔から吹くでしょ。下見をしたいって言って鍵を借りたの。行こう。今ならまだ、ギリギリで夕日が見えるかも」


南棟の三階と四階を貫《つらぬ》く形で、時計塔は建造されている。

日光がほとんど差し込まないからか、時計塔の内部は廊下よりも冷えていた。

「うわー。こんなことになってたんだね。電気ってないのかな。綜士、知ってる？」

「いや、分からないよ。入った記憶がない」

「ああー……。そうだったかもね」

入り口の扉を閉じ、懐中電灯の光を頼りに、壁に沿う螺旋《らせん》階段を上っていく。

「凄いなー。目の前で見ると迫力あるね」

大小様々な歯車が、軋《きし》むような音を立てながら胎動している。

畏怖《いふ》の念というのは、こういう物を見た時に抱く感情なのかもしれない。

雛美は過去、四回タイムリープしている。つまり、俺がこの塔の内部に入るのはこれで五回目になるわけだが、一連の周回の記憶は俺の中に残っていない。

記憶上初見になる時計塔の内部は、圧倒的な迫力を誇っていた。


「ここが時計の横かな」

螺旋階段の最上段にあった扉を開け、生ぬるい神無月《かんなづき》の風に触れる。

異常気象のせいで、今年はまだ蒸《む》し暑《あつ》い日が続いていた。

「絶景だ」

遠く、視界の先に、灯りのともり始めた八津代町が一望出来る。

扉の先に一メートル四方の空間が作られていた。

手すりに摑まりながら、雛美は恐る恐る身を乗り出し、

「ここから落ちたら助からないね」

意味深に呟いてからその場に腰を下ろす。

「綜士もこっちに来たら？　夜風が気持ち良いよ」

促されるまま彼女の隣に立つと、無意識の内に足が震えた。高所は得意な方だが、さすがに簡易的な手すりしかないこんな場所では、恐怖の方が勝ってしまう。

「そんな風に突っ立っていると、誰かに見つかっちゃうよ」

確かに教師にでも見つかったら面倒なことになるだろう。雛美の隣に腰を下ろす。

「一回、来てみたかったんだよね。古賀《こが》さんが死ぬ前に見た景色に興味があったから」

どうやらこいつは、まだ嘘を貫くつもりらしい。

まったくもって本当に強情な奴だった。

「ここから飛び降りたんだよな」

「どうだろう。突き落とされたのかも」

「いや、彼が飛び降りたんだよ。四回とも自分の意志で」

「どうしてそんなことが分かるのさ。断言なんて出来ないでしょ。グラウンドから落下を見た私しか、その瞬間を覚えていないんだから」

「断言出来るよ」

「適当なこと言わないで。そんなの……」

「だって、ここから落下したのは俺だから」


それを告げると、雛美の反論が止まった。

「自分のことだから分かるんだ。芹愛《せりあ》に呼び出されてさ。あいつの話を聞いたら、俺は自分から飛び降りると思う。本当、馬鹿だよな。最初の三回は、あいつの事情なんて理解出来なかったはずなのに、それでも、俺は芹愛のためにここから飛ぶんだ」

「……何それ。意味分かんない」

「なあ、もう誤魔化すのはやめろよ。誰もお前を責めたりしない。そんな権利もない」

雛美は俺から視線を外すと、仏頂面《ぶっちょうづら》で街の灯りへと顔を向ける。

「大切な人が自分のせいで消えてしまうなんて、耐えられないよな。つらくて、苦しくて、やり切れないよな。俺が馬鹿な決断をしていなけりゃ、お前が大切な家族を失うこともなかった。遅くなってしまったけど、謝罪させてくれ」

「……知らない。何言ってるか分かんない」

「お前、本当は俺がここから落ちることを心配して、見張っていたんだろ？」

「だから知らないって」

「ずっと、気にかけてくれてありがとう。まあ、本音を言えば、全部、正直に話して欲しかった気もするけど、お前にも色々と事情があるんだろうしな」

恨みがましい表情で睨まれた。

「て言うかさ、私、まだ綜士がここから落ちたとか認めてないじゃん。何、勝手に真相を決めつけて語ってるわけ」

「はいはい。じゃあ、それで良いよ。もう二度と、誰もここから落ちたりしない。それがすべてだ」

何だか妙な気分だった。

夜の白鷹高校で、時計塔に背中を預けて、眼下に広がる街並みを二人で眺《なが》める。

こんな瞬間を過ごしていることも、隣にいる相手が雛美であることも、等分に奇妙で、過分に現実味がない。しかし、これは夢ではないのだ。

たった一人の親友が世界から消えたことも。

愚かな選択のせいで、母や千歳《ちとせ》先輩を失ってしまったことも。

そして……五年振りに芹愛と仲直り出来たことも、間違いなく現実の出来事だ。


「綜士の両親が離婚したのってさ、いつだったの？」

脈絡のない質問が届いた。

「小学三年生の夏休みだよ」

今でもその時のことを、はっきりと覚えている。忘れられるはずがない。

父が望んだのは母との別離だが、その目的のために、父は子どもを捨てることを厭《いと》わなかった。俺の存在は、かすがいにならなかったのだ。

父に捨てられたのだという実感は、きっと、死ぬまで拭い去ることが出来ないだろう。

「そんなに小さい頃の出来事だったのか。それはつらかったね」

俺は子どもの頃から、他人に同情されることが大嫌いだった。それなのに、雛美の言葉には不思議と心が粟立《あわだ》たなかった。

「どうして大人は、一度好きになった人を嫌いになっちゃうんだろう。そんなことを考えてしまうのは、私が子どもだからなのかな」

寂《さび》しそうに雛美は呟く。

「好きな人を好きでいられなくなるくらいなら、大人になんてならなくて良い。今は本当にそう思っているのに、歳《とし》を重ねたら、いつの間にか、軽蔑していた大人みたいになってしまうのかな。私、馬鹿なことを言ってると思う？」

「少なくとも、馬鹿なことを言っているとは思わないかな」

想いが変わったことを相手や環境のせいにするような、後ろめたい言い訳で自分を守るような、そういう大人には、俺だってなりたくない。両親のように、一度誓った愛を翻《ひるがえ》したりもしたくない。

「綜士ってさ、芹愛以外の女の子を好きになったことある？」

「いや、ないよ」

「じゃあ、自分が芹愛を好きじゃなくなる未来って想像出来る？」

「今は想像出来ないかな。別の奴を好きになることも、芹愛に幻滅する未来も、ちょっと考えられない。ただ……時々、お前に言われた言葉を思い出すんだ」

「私の言葉？」

「相手のことが本当に大切なら、間違ったことをする前に止めるはずだって。それが出来ないような盲目な想いは『恋』じゃないって」

あれは、正直、耳に痛い言葉だった。

「この想いが恋じゃないとは思わないよ。でも、世間一般で言われるような恋とは違うのかもしれない。最近になって、そう思うようになった。俺の胸には、罪悪感と後悔が満ちている。どんな些細なことでも良いから贖罪《しょくざい》をしたかった。叶うなら、過去の過ちを謝罪して、せめて挨拶《あいさつ》くらいは出来る関係に戻りたかった。あいつに赦してもらえるなら、もう、本当にそれで十分だったんだ」

「今は……そうなれたじゃない」

「贖罪がまだ済んでないよ。せめて、安奈《あんな》さんは救わないと」

織原《おりはら》姉妹の命を救うこと、それが俺にとっての最低限のゴールだ。

「もしも安奈さんを救えたとしたら、その後で綜士は何を望むんだろうね」

遠くを見つめながら、囁くように雛美が問う。

「綜士は仲直りした芹愛と手を繋ぎたいって思う？　いつか芹愛とキスをしたい？」

「そんなこと、考えたこともなかったな。想像も出来ない。そもそも、あいつに好きになってもらいたいなんて、願ったことさえない」

「そっか。世の中にはそういう恋もあるのか」

この感情を恋と呼ぶべきなのか、今では自分でもよく分からない。

ただ、もしもそう呼ぶことが正しいのだとしたら、俺にとって恋とは、その人に焦《こ》がれるだけの感情ではなかったということだろう。悔しさも、恨めしさも、怒りも包含する、複雑で、言葉では形容し切れない何かだったのだ。

芹愛への恋心は、それが生まれた日から、ずっと、そういうものだった。


「人を好きになるって、何だか、とても哀しいね」

雛美の心中は、俺には見通せない。それでも、

「そうだな。本当に、そう思うよ」

不思議と同意出来てしまった。


好きな人を、好きでいられなくなる日がくるとは思わない。

芹愛を嫌いになる日がくるなんて、やっぱり想像も出来ない。

ただ、一つだけ、確信出来ることもある。


いつか必ず、そう遠くない未来に、この恋を諦める日はくるのだ。

それは、芹愛が自分以外の誰かと笑う日かもしれないし、罪が赦された後で、想いを否定される時かもしれない。その時がくるまで、審判の形は分からないけれど、哀しい未来の輪郭《りんかく》はぼんやりと見えている。


きっと、どんな恋も、永遠に恋のままではいられない。

愛に変わることを赦されない限り、想いは永遠までは届かない。


「私が平行世界の人間だっていう、千歳先輩の推理を聞いた時、正直ふざけんなって思った。何がパラレルワールドだ。私が馬鹿だと思って、適当なことを言いやがってって腹が立った。でもね、考えれば考えるほど、先輩の推理が腑《ふ》に落ちちゃうの。私と緒美《つぐみ》は、あまりにも似過ぎている。それは、私が一番よく分かってる」

「じゃあ、今は先輩の仮説が正しいって思ってるのか？」

「認めたくないけど、そう考えるしかないと思う」

そこで、雛美は一度、大きく深呼吸をした。

「雨の夜に、私を拾ってくれたあの人は、私の本当のお父さんじゃない。お母さんも、弟も、お祖母《ばあ》ちゃんも、緒美の家族であって私の家族じゃない。それでも、私は偽者かもしれないけど、五年間、一緒に過ごして、お世話になって、皆のことをちゃんと好きになった。大好きだった」

「知ってるよ。そうじゃなきゃ、お前のタイムリープに巻き込まれたりしない。それに、お前の正体が緒美なら、あながち偽物の家族ってわけでもないだろ」

首を強く横に振られた。

「ううん。偽物だよ。だって、私はこの世界の人間じゃないんだから。でも、胸の中の大好きって気持ちだけは、嘘だったことにしたくない。絶対に覆したくない。それなのに、怖いの。不安になってしまう」

それは、世界中の何処にも居場所がなかった少女の本音だった。

「私は自分が偽者だったことを自覚してしまった。このままじゃ、いつか気持ちが変わってしまうかもしれない。大人になった時、大好きだった人たちがいたことを疑ってしまうかもしれない」

かけるべき言葉が分からない。

必死に頭を回転させているのに、正しい言葉が見つからない。

「私、昨日の夜、先輩の手紙を読んだせいで眠れなかった」

少し鼻にかかった雛美の声が、鼓膜を揺らす。

「俺も朝まで眠れなかったよ。正直、今日もまともに眠れる気がしない」

あの手紙には、千歳先輩が下した結論が記されていた。

しかし、それは手放しで承服出来るような選択肢ではなかった。

「決めるのは芹愛だけど、あの子、もう気持ちは固まったのかな」

「そうだな。芹愛はもう答えを出していたよ」

怯《おび》えるような眼差しで雛美が俺を見つめる。

「そんな顔をするなよ。心配しなくて良い。芹愛が出した答えは、未来を選択しないことだった。俺たちの判断にすべてを委ねる。そう言ってた。お前の意志に反して、あいつが動くことはない」

「キャスティングボートを握っているのは芹愛なのに」

「あいつも今は、俺たちのことを仲間だと思っているってことだろ」

和解してからの二週間で払った努力は、すべてが徒労に終わった。事態を解決するための新しいアイデアは何一つ見つかっていない。それでも、積み重ねた努力の日々は、無駄ではなかったということだろう。

長く払拭《ふっしょく》出来なかった疑心暗鬼の感情はもうない。

俺たちは信頼という土台の上で、最後の選択を決めることが出来る。

「綜士はどうすべきだと思っているの?」

「言ったろ。今日も眠れる気がしないって。どうすべきかなんて分からない」

「それは……まあ、そうだよね」

「ただ、きちんとお前の気持ちを聞かなきゃいけないとは思ってた。その上で、お前の意志を理解したいし、尊重したいとも思ってる。どういう道を選んだとしても、一番の痛みを負うのは、お前だからな」

「多かれ少なかれ、苦しいのは同じだよ。私は綜士がどうしたいのかを聞きたかった」

性質《たち》が悪いのは、この問いには正解などないのに、間違いは存在していることだろう。

雛美一人にこんな難問を押しつけたくはないが……。

「他人任《ひとまか》せにするみたいで悪いけど、やっぱり俺にも選べないよ。それに、正直、今はどうしたいのかも分からない。ただ、仮に、自分の中でこれだってていう選択肢が固まったとしても、お前には伝えないと思う。伝えちゃ駄目な気がする」

「……それが綜士の正直な気持ち？」

「少なくとも、自分に嘘はついていないかな」

「じゃあ、本当に私が独断で決めて良いんだね」

「ああ」

「そっか……。それなら仕方ないから答えるよ。眠れなくなるくらい悩んでみたけど、多分、最初から気持ちは決まっていた気がする」

波風のない海のように穏やかな眼差しで、雛美は半月を見つめていた。

「私は千歳先輩が提案した方法を実行したい」

5

『まず、君たち三人に大前提として理解してもらいたいのは、この世界に存在する「時間と運命には復元力がある」ということだ』

昨日の夜、時計部で。

「じゃあ、次の便箋を読むからね」

パンドラの箱を開けたのは、雛美《ひなみ》自身だった。

『雛美がこの世界に現れたことで生じた、余剰の時間。世界はそれを清算するために、タイムリーパーの身近な人間を一人ずつ消し去っていった。そして、芹愛《せりあ》が十月十日の行動を何度も変えたにもかかわらず、綜士《そうし》が生存している状態では、織原安奈《おりはらあんな》の運命が必ず死と結びついてしまった。以上の事実を踏まえれば、時間と運命に復元力があることは間違いない。だから、今度は逆にそれを利用させてもらう。すべてを覆す唯一にして最終の手段は、杵城綜士《きじょうそうし》のタイムリープに巻き込んで、鈴鹿雛美《すずかひなみ》を世界から消すことだ』

その最後の一行を読んだ時、頭の中が真っ白になった。

『君たち三人が経験した哀しい現象の元凶は、この世界に本来存在しないはずの時間が発生したことにある。世界はその歪みを正すために、僕を含めて十七人もの人間を消し去った。だが、もしもタイムリープに巻き込まれて雛美が消えたならどうなるだろうか。五年前に雛美がこの世界に飛ばされていなければ、余剰の時間は生まれなかった。当然、タイムリープは起こらず、人々が消失することもない。雛美の存在を否定するということは、繰り返された十七回の世界を否定することと同義なんだ。この世界には間違いなく復元力がある。根本の事象が否定されれば、世界は本来の姿へ戻ろうとするだろう。消失した人間も取り戻せるはずだ』

底のない穴の中から。

希望と絶望が、手を繋いで俺たちを見つめていた。

『僕がこの手段を黙っていたことには理由がある。第一に、大部分を仮説に頼っているせいで、成功を断言出来ないこと。第二に、綜士のタイムリープに巻き込まれるのは、雛美よりも僕が先だろうということだ。綜士の父親が先に消えるパターンも考えられるが、いずれにせよ、この手段は僕が世界から消えない限り実行に移せない。最後にこれが最大の理由だが、僕は命を天秤《てんびん》にかけるという行為に嫌悪を覚える。織原安奈の運命については断定出来ないが、雛美を犠牲にすれば、少なくとも消失した十七人を救えるだろう。一対十七だ。命に重さがあるなら天秤が雛美の側に傾くことはない。しかし、命には重さなどないし、仮にあったとしても天秤にはかけられない。くどいようだが、僕は織原安奈を救えるなら、それで満足すべきと考えていた。この手紙を君たちが読んでいるということは、残念ながら彼女を救えず、同時に、君たちが再度の挑戦を選んだということだがね』

千歳先輩はどんな気持ちで、この手紙を書いていたのだろう。

『これは勝利なき戦いだ。どんな道を選んだとしても、必ず誰かに癒えない傷は残るだろう。ただし、真の敗北者は戦う意志を放棄した時にのみ生まれる。僕の言葉がすべてじゃない。最後の瞬間まで抗《あらが》うことを諦めるな。希望の形は一つじゃない。選びとった未来に希望が残るか否かは、君たちの意志次第だ』

千歳先輩の手紙を読み終えた時、俺は何も言えなかった。

雛美に、何と声をかけたら良いのか分からなかった。

「一騎《かずき》と、母親と、千歳先輩を取り戻すために、お前が世界から消えてくれ」

そんなこと言えるはずがない。

頼めるはずがない。頼みたいなんて、思うことすら難しい。


どれくらいの時間、沈黙を続けていただろう。

「今日はもう解散しよう」

芹愛に促され、三人で並んで駅まで向かったけれど、最後まで誰も口を開けなかった。


きっと、人生は解答のない問いの連続だ。これから、何年、何十年と生きていく中で、俺たちは絶え間なく、難問を前に苦悶《くもん》することになるだろう。

けれど、もう二度と、こんなに苦しい問いを投げかけられることはないはずだ。

どちらの道を選んでも、俺たちは救われない。

先輩が明言したように、この物語にハッピーエンドは存在しない。

だから、俺は眠れないまま朝を迎えたのに……。

「最後にもう一回だけ、タイムリープしよう。それで終わりにしようよ」

そう告げた雛美の顔に、迷いは浮かんでいなかった。

「それがどういう意味か、ちゃんと分かって言ってんのか？」

「逆に聞くけど、分からずに言ってると思う？」

「お前が消えるんだぞ。先輩が帰ってくれれば、自分を取り戻す方法を見つけてくれるかもしれないとか、安易に何かを期待しているなら……」

「そんな期待してないよ。先輩の説明はよく分かんなかったけど、最後のタイムリープで消えたら、二度と戻ってこれないんだろうなってことは分かった」

「成功するかも分からないんだぞ。全部、先輩の頭の中で組み立てられた仮説だ。お前が犠牲になったって、消えた人たちが戻ってくる保証は……」

雛美は首を横に振る。

「戻ってくるよ。そんな気がする。だって、すべての原因は私にあったんだもん。その私が消えるんだから、何もかもが元通りにならなきゃおかしい」

「だけど……だけどさ……」

「さっき私の意志を尊重するって言ったじゃん。何で反対するの？　綜士だって親友やお母さんを取り戻したいでしょ？　千歳先輩とも、もう一度会えるかもしれないんだよ」

「お前の命を天秤にはかけられない」

「そっか。じゃあ、安心かな」

彼女の口の端《は》が上がる。

「安心って何がだよ」

「綜士がタイムリープして、私以外の誰かが消えたら馬鹿みたいじゃん。でも、綜士は大切な三人が帰ってくるかもしれないのに、私を消すことを躊躇ってる。その程度には私のことを大切に想ってくれているんでしょ？　それなら、次のタイムリープで消えるのは絶対に私だもん」

「……何なんだよ。どうして、こんな時に限って、そんなにもの分かりが良いんだ」

「そんなに私に消えて欲しくないの？」

「当然だろ。何もかもを、お前の命で取り戻すなんて……」

「そんなこと気にしなくて良いのに。綜士ってさ、意外と良い子ちゃんだよね」

「無理するなよ。こんな時まで強がらないでくれ」

「別に強がってなんていないよ。だって……」

俺から目を逸らして、雛美は八津代町を見下ろす。

「この世界に、私の居場所なんてなかったんだもん」

涙なんて零《こぼ》れていないのに、雛美はまるで泣いているように見えた。

「赤の他人だったのに、お父さんは私を受け入れてくれた。お母さんも、弟も、お祖母《ばあ》ちゃんも、私を家族として認めてくれた。それなのに、私が皆を消してしまった」

「家だけが居場所じゃないだろ」

「本当のことを言うとね、私、友達なんていないんだ。双子みたいなものだからって言われて、緒美《つぐみ》と同じクラスに転入したんだけどさ。緒美が私を嫌っていたこともあって、小学生の頃は皆に疎《うと》まれていた。中学生になっても状況は一緒。友達なんて一人もいなかったし、ずっと、皆に避けられてた」

いつだって強がってばかりだった雛美が、真顔で……。

「私にも責任があるの。ずっと、周りの人を避け続けて生きてきたのは、ほかならぬ私自身だからね。何者か分からない人間なんて気持ち悪いじゃない。そんな人間が周りに受け入れてもらえるとは思えない。だから、一人ぼっちで良いやって、一人でも仕方ないんだって思ってた。高校生になってからも、クラスメイトとは上辺だけの付き合いしか出来ていない。それが、本当はとてもみじめだった鈴鹿雛美の正体。私なんかと引き換えに皆が戻ってくるなら、その方が良いんだよ」

「勝手に決め付けないでくれ。少なくとも、俺はお前のことを友達だって思ってる」

「そうだね。私もそう思いたいかな。じゃあ、訂正するよ。私には一人だけ友達がいる。その大切なたった一人の友達のためなら、消えても構わない」

「お前が世界に残ったって俺は責めない。芹愛だって責めたりしないはずだ。だから、遠慮なんてしなくて良いんだ。消えたいはずがない。お前だって、この世界で……！」

「ありがと。でも、もう決めたことだから」


どうして、そんなに哀しそうな顔で笑うのだろう。

どうして、こいつは自分の未来を望まないのだろう。


……本当にこれで良かったのだろうか。

俺は雛美の意志を尊重すると決めていた。

雛美自身に決めてもらうしかないのだと考えていた。

しかし、彼女の決意を聞いた今になって、心はこんなにも惑っている。

大切な選択を雛美一人の手に委ねたこと。

それは、本当に正しかったのだろうか？

「タイムリープの発生条件に日時は関係ないのかもしれないけど、万全を期すなら実行日時は変えない方が良いと思う」

淡々とした口調で雛美は告げる。

「綜士。さっき私のことを友達だって言ってくれたよね」

「ああ。本気でそう思ってるからな。一騎も、千歳先輩も消えたんだ。俺にはもうお前しか友達がいない」

「じゃあさ、私のお願いを聞いてくれる？」

「俺に出来ることであればな」

小首を傾げて、雛美は悪戯な笑みを浮かべる。

「明日からの六日間、一緒にいてくれない？　ほかに会いたい人もいないし、人生最後の六日間を一人きりで過ごすのは寂しいもん」

「ああ。分かった」

「やったね」

出会った頃から、雛美は自由で、野放図に言いたいことを何でも言う奴だった。

それなのに、ここに至って、その素顔が見えなくなってしまった。

こいつの本当の心は何処にあるんだろう。
今はただ、止めることの出来ない時間が、痛切に哀しかった。

第十八話　せめて笑顔で死ねますように

1

「あんまり頭に入ってこなかったなー」

ロビーに出るなり、不満そうな顔で雛美《ひなみ》が呟いた。

彼女が持つトレイには、キャラメル味とバター醤油《しょうゆ》味のポップコーン、ドーナツ&チュロスのセット、それぞれが入っていた容器と、Lサイズのコーラが載せられている。

健啖《けんたん》家の雛美は、二時間の上映中に、それらすべてを平らげていた。

「そりゃ、そんだけ食ってたら、映画に集中出来ないだろ」

「予告編が流れている間に、ほとんど食べ終わってたけどね」

嘯《うそぶ》きながら、従業員が待つ大サイズのゴミ箱に残骸《ざんがい》を投げ込む。

「ほら、私の人生って今日を入れても、あと六日じゃん。映画とか観ている場合じゃないんじゃないかって思ったら、集中出来なくなったの」

何て本末転倒な奴なんだろう。

「映画を観たいって言ったのはお前だろ」

「だって、一回、友達と映画館に入ってみたかったんだもん。とりあえず恋愛映画には興味ないやって分かったことが、今日の収穫かなー」

その収穫は、今の雛美にとって何か意味があるのだろうか……。


昨晩、帰宅してすぐに、俺は織原《おりはら》家に電話をかけている。

雛美の悲壮な決意を聞いた芹愛《せりあ》は、賛成も反対も口にしなかった。

「前に言った通り、二人が決めた未来を尊重する」

受話器越しに告げた芹愛の本音は、やはり俺には分からなかった。


「ねえ、夕ご飯、何処で食べる？」

「……お前、あれだけ食ったのに、まだ食欲あるのか？」

「お菓子とご飯は別腹。どうせあと六日で人生が終わるんだから、食べたい物を食べて、ぱーっとお金も使って、経済を回さなきゃ」

「お前の財力程度じゃ経済は回らないだろ。大体、俺がタイムリープしたら、ご破算《はさん》だ」

「そうか。この世界は私が経済に貢献することすら許してはくれないのか」

神妙な顔で、滑稽な言葉を並べ立てて。

俺に心配をかけまいとする雛美の横顔が痛ましい。

「あ、思い出した。私、夢があったんだった。パーティーバーレルを買って、アイスを箱食いするの。夜食はそれにしよう。体重を気にしなくて良いとか、マジで最高」

「そんなことやってると、腹を壊すぜ」

「親がいないと歯止めがきかないんだよね。最近、緒美《つぐみ》の奴も夜中に、台所でこそこそ何か食べてるし、食欲の自制って難しい」

「俺はどっちかって言うと逆かな。母親がいなくなってから、ろくな物を食べていない気がする。インスタントで何かを作るのも、コンビニに弁当を買いに行くのも、面倒臭くてさ。腹が減っても、そのまま寝ちまうことが多いや」

「信じられない。睡眠欲が食欲に勝つってこと？」

「まあ、そういうことだな」

「そんな人間もいるんだね。でも……だったら、お母さん、苦労したんじゃない？　毎日、何品も料理を作るって大変なんだよ。献立《こんだて》を考えるのも一苦労なんだから。綜士《そうし》のお母さん、普通に会社員だったんでしょ。ちゃんと、感謝していた？」


　痛いところを突かれてしまう。


「いや、感謝なんてしたことなかったな。ずっと、迷惑をかけ続けてきた」

「そっか。じゃあ、私が代わりに一つ、お願いしておこう。千歳《ちとせ》先輩の仮説が正しくて、もしも本当に消失した人たちが戻ってきたらさ」

悪戯な笑みを浮かべながら雛美は俺から目を逸らす。

「今度は、もっとお母さんに優しくしてあげなよ。親子喧嘩《げんか》とか、まあ、むかつくこともあると思うけど、家族じゃん。お母さん、綜士のことが大好きだったと思うな。だから、次はもっと優しくしてあげて」

……どうして、こいつはこんな時に、他人の心配をするのだろう。

多分、いつだって雛美は、ただ俺を守ろうとしていただけだった。不器用な嘘をついて、そうやって自分の心まで傷つけながら、必死に俺を守ろうとしてくれていた。

もうすぐ自分が消えてしまうかもしれないのに、こんな時でさえ俺のことを……。

「そうだな。お前の頼みなら努力してみるよ」

消えそうな声で答えると、雛美は満足そうに笑ってみせた。

2

翌日、十月六日、火曜日。

雛美《ひなみ》と共に学校を二日連続でさぼり、隣町のスケートリンクへと向かった。

冬季オリンピックでフィギュアスケートを観戦して以来、自分でも滑ってみたかったらしく、雛美はスケート靴を履く前から異様に高いテンションを見せていた。

とはいえ、初心者がいきなり思い通りに動けるようなスポーツではない。雛美はアイスリンクに入るなり派手に転倒し、わずか十分足らずで心を折ることになった。

「おかしい。イメージトレーニングは完璧だったのに……。二回転くらいなら跳べる予定だったのに……」

「お前、ジャンプに挑戦しようとしてたのかよ」

「て言うか、綜士《そうし》、何でそんなにスイスイと滑れてるわけ？　小学生の時に一回やっただけって言ってたじゃん」

あれは小学四年生の冬だっただろうか。

家を出て行った父と久しぶりに再会した際、スケートリンクに連れて行ってもらった。スケートを経験したのは、後にも先にも、あの一回きりだが、

「俺、運動得意なんだ。スポーツなら大抵、何をやってもそれなりに出来る」

「世の中間違ってる！　陰湿なストーカー行為に明け暮れていた奴がどうして……。もう良い。スケートのことは大体分かったから帰る。私がスケートを選んでも、スケートが私を選ばなかったんだ」

どの面下げて、こいつは長年練習に打ち込んできたアスリートみたいなことを言っているんだろう。

「まだ入場してから十五分も経ってないぜ」

「私には時間がないの。こんなことを続けて怪我《けが》でもしたら、馬鹿じゃん。あと五日しか人生残ってないのに」

「まあ、お前が帰るって言うなら帰るけどさ」

体育の授業ですら、もう何年も真面目に参加していない。久しぶりに真剣に身体を動かすことになると気合を入れてきただけに、肩透かしをくらった気分だった。

「結構、綜士のことは分かってるつもりだったんだけどなー」

次の目的地へ向かうためのバスに揺られながら、雛美が呟く。その右手に、グミの小袋が握られていた。

「綜士があんなに運動神経が良いなんて知らなかった」

そりゃ、そうだろう。雛美がいつから、どの程度、俺のことを認識していたのか分からないが、五年前のあの事件以降、真面目にスポーツに興じた記憶がない。

「もっと早く友達になれていたら違ったのかな。鈴鹿《すずか》家と杵城《きじょう》家がお隣さんだったら良かったのに」

「……どうかな。隣人でも他人のことなんて分かんないもんだぜ。小学生になる前から知っているのに、今でも芹愛《せりあ》のことなんて分からないことだらけだ」

「それは、何だか少し切ないね」

益体《やくたい》もない話を続けている内に、次の目的地である科学博物館に到着した。雛美は昔から、ここの施設内にあるプラネタリウムに来てみたかったらしい。

俺は一度、小学生の頃に遠足で訪れているけれど、ほとんど印象に残っていなかった。当時、プラネタリウムに感動した記憶もない。十七歳になった今なら、心が動かされることもあるのだろうか。

3

「友達と遊ぶってなかなか難しいね」

八津代《やつしろ》町への帰途、電車に揺られながら、疲れたような声で雛美《ひなみ》が呟いた。

「慣れない運動の直後で疲れていたからじゃないか?」

プラネタリウムの中に入るまで鬱陶《うっとう》しいほど元気だったくせに、雛美は室内が暗くなるとすぐに眠りに落ちていた。

映画、スケート、プラネタリウム。昨日から雛美のやりたかったことに付き合い続けているものの、本当にびっくりするくらい空回ってばかりだ。

「綜士《そうし》はプラネタリウム、楽しかった？」

「どうだろう。星を眺めて感傷に浸るような風情は持ち合わせていないしな」

「素直じゃないねー」

「お前に言われたくないよ」

「そう？　じゃあ、素直に言っちゃうよ？」

雛美がにやにやと妙な笑顔を浮かべていた。

「これから先、南十字星を見たら、私のことを思い出してよ」

「……北半球で南十字星なんて見えないだろ」

「波照間島《はてるまじま》なら見えるよ」

「本州で南十字星なんて見えないだろ」

「何で言い直すのさ」

「見えないものを見て思い出せなんて言われても困る」

「じゃあ、逆に、私のことは思い出さなくても良いよってことかもしれないね」

「試すようなことを言うのはやめろよ」

俺の批難に対し、雛美は微笑むだけで、もう何も言ってこなかった。

あと一駅で、北河口《きたかわぐち》駅に到着してしまう。

既に日も暮れているし、今日はこれで解散だろうか。

車窓を流れる夜景を一心に見つめていた雛美の口より、

「明日は少し休もうか」

そんな言葉が届いた。

「二日間、出歩いていたもんな。さすがに疲れたか？」

「そうだね。疲れたっていうのもあるけど、どっちかって言うと、次にやりたいことが思いつかないって感じかな。やりたいことも、行ってみたい場所も、沢山ある気がしていたのに、私、意外とつまらない人間だったみたい。二日間も付き合ってくれて、ありがと。

綜士はそろそろ学校に行った方が良いよ」

「昨日、高熱が出たからしばらく休むって連絡を入れたんだ。だから、登校しなくても問題ない。そもそも四回目の授業なんて聞く気になれないしな」

「それは完全に同意。未だに真面目に授業に出席している芹愛《せりあ》とか、理解不能」

「そこは正直、俺もそう思う」

芹愛にとっては、十回目の一年間だ。

あいつ、何のために授業に出ているんだろう。

「お前がゆっくりしたいなら、そうして欲しいけど。何か思いついたら、遠慮しないで連絡をくれよ。俺も家で休んでると思うし」

「うん。分かった。やりたいことが見つかったら連絡する」

「まあ、そんなもの見つからなくても、連絡してきてくれて良いけどな」

素直な想いを告げたのに、もう雛美からの言葉は返ってこなかった。


北河口駅に到着し、一人、電車から降りる。

エアポケットのような時間だったのか、構内は閑散としていた。

「綜士！　ちょっと待って！」

改札に向かって歩き始めたところで、背中から呼び止められる。

振り返ると、いつの間にか雛美までホームに降りてきていた。

「どうした？　もうやりたいことが見つかったのか？」

「いや、さすがにそれはまだだよ。ただ、凄く言いにくいことなんだけどさ……」

雛美は苦笑いを浮かべて、頬をかく。

「やっぱり、綜士にはここで謝っておこうと思って」

「謝る？　俺、何かされたっけ？」

何を言われるのだろう。こいつに改まった顔をされると妙に怖い。

「ごめん。嘘だった。時計塔から落ちるのは古賀《こが》さんじゃない。綜士なの」

「……それは、もう知ってるけど」

満を持して白状した、みたいな顔をされても、正直、驚きようがなかった。

むしろ、まだ認めていないつもりだったことの方が驚きである。

「ああ……。でも、考えてみりゃ、お前の口からはっきり聞いたのは初めてなのか。一昨日、時計塔で喋った時の反応が、事実上、認めたみたいな感じではあったけどな」

思ったことを口にすると、きつく睨まれてしまった。

まさか本気でばれていないと思っていたのだろうか。

「……綜士ってさ」

「何？」

「本っ当に馬鹿だよね」

心の底から呆れているような、そんな顔で見つめられる。

「どっちかって言うと、馬鹿はそっちの方だろ。時計塔から古賀さんが落ちるって話、本気で今も俺が信じていると思ってたのか？」

「もう良い。これ以上、馬鹿と話しても仕方ない」

「さっきから本当に失礼だぞ。逆切れすんのはやめろよ」

鼻をならして、雛美はそっぽを向く。

「……一世一代の告白だったのに。馬鹿のせいで台無しだ」

呆れたように、そんな言葉が吐き捨てられた。

「俺の説明、聞いてた？　確信していた話になんて驚きようがないだろ？」

「もう良い。不毛だから、この話は終わり」

再びこちらに向き直った雛美は、やはり怒りの眼差しを湛《たた》えていた。

「て言うかさ、清水《きよみず》の舞台から飛び降りる的な心境で、この私が事実を認めてやったんだから、今度はそっちが謝る番でしょ」

「俺が謝る？」

「今までごめん。僕が弱虫だったせいで、君をタイムリープさせてしまったよって、ちゃんと謝りなよ。綜士のせいで四人も消えたんだからね」

「それは悪かったと思ってるよ。だけど、忘れたのか？　それ、もう二日前に時計塔で謝ってるぜ。お前が嘘をついて、認めなかっただけで」

ぐうの音も出ない反論だったのだろう。

反射的に開きかけた口が途中で止まる。

「だから、これでお互いにチャラってことじゃないのか？　俺は時計塔から落ちて、何度も前を苦しめてしまった。お前はお前で、俺に嘘をつき続けてきた。でも、これで終わりだ。俺は二度とお前を過去に飛ばさないし、お前も俺に謝らなくて良い」

「……冷静に考えると、私の罪の方が圧倒的に軽い気がするから、並列で語られるのは釈然としないんだけど」

確かに、その言い分には一理あるような気がした。


「どうするんだ？　ここで電車を待つのか？　それともタクシーでも拾う？」

電光掲示板に目をやると、次の電車が到着するのは二十分後だった。

腕を組んで、雛美はしばし考える。

「私が電車で帰るって言ったら、一緒に待っててくれる？」

「ああ。良いよ」

「じゃあ、そうしようかな。もうちょっと、お喋りしたかったし」

不覚にも、同じ気持ちだった。


最後の選択において、雛美の意志を尊重したい。

その気持ちは今も変わっていない。

ただ、彼女の決定に同意出来るか否かは、また別の問題だったのだろう。

自らが犠牲になるという雛美の決意を聞いてから、既に二日が経っている。けれど、未だに俺は迷いを払拭出来ていない。本当は雛美を止めるべきではないのかと、胸の奥で、もう一人の自分に問い続けられている。


何一つ答えを出せないまま、終電がくるまで、駅で雛美と話を続けることになった。

多分、本当に伝えなければならない言葉は、何一つとして伝えられていない。

それでも、他愛もない話で喋り続けた時間が愛おしかった。

いつか誰かが歌ったように、下らない話で安らげるというのは、きっと、かけがえのない宝物みたいに素敵な事実なのだろう。


……だが、この優しい時間は、長くは続かない。

永遠どころか、一週間もせずに潰《つい》えてしまうかもしれない。

そう、分かり切っているせいで、雛美と別れた後も、軋むように、いつまでも胸が痛んでいた。

4

こんな時くらい、存分に弱さを見せて欲しい。

そんなことを願ってしまうのは、俺のエゴだろうか。


翌日、十月七日の水曜日。

その日、最後まで雛美《ひなみ》から連絡が入ることはなかった。

こちらから連絡を取るべきだろうか。

本当は雛美もそれを望んでいるんじゃないだろうか。

葛藤《かっとう》に苛《さいな》まれながらも動くことが出来ず、小さな後悔を抱きながら、俺はその一日を終えることになった。


十月八日、木曜日。

煩悶《はんもん》するだけの時間に居《い》た堪《たま》れなくなり、午後から久しぶりに登校することにした。

二年五組に雛美の姿はなく、通算四度目の授業は、やっぱり耳に入らなかった。

体育の授業で汗を流しても、消化不良な感覚は消えやしない。

今、俺がすべきことはこんなことじゃない。それだけは、はっきりと分かっていた。

放課後、南棟の三階、時計部の部室に向かった。

もしかしたら雛美が待っているかもしれない。そんな期待もしていたものの、扉の向こうに広がっていたのは、主《あるじ》を失くした虚《うつ》ろな空間だった。

運命の日まで、あと二日。

いつだってこの場所には、千歳《ちとせ》先輩と雛美がいたのに、今は俺一人しかいない。どうしてこんなことになったのかも、これからどうすれば良いのかも、よく分からなかった。


午後七時を過ぎた頃、不意に、鈍い音を立てて部室の扉が開いた。

扉の向こうから、ジャージ姿の芹愛《せりあ》が現れる。

こんな時でも、陸上部に顔を出していたのだろうか。

「いてくれて良かった。相談したいことがあったの」

「相談？」

「うん。相談と言うか、正確には二人に決めて欲しいことなんだけど、雛美は？」

「さあ」

「さあってどういう意味？」

「昨日と今日と、ここ二日間、会ってないんだ。だから知らない」

「……どうして雛美を一人にしているの？」

芹愛の瞳に、はっきりと批難の色が浮かぶ。

「あいつが少し休みたいって言ったんだよ。やりたいことが見つかったら連絡するって」

「あの子はもうすぐ消えるかもしれないのに、綜士《そうし》はそれで良いの？　雛美が今、一緒にいたい相手なんて一人しかいないって、もう分かってるでしょ？」

ホームボタンを押して携帯電話の画面を確認する。やっぱり連絡は入っていない。

「俺だってこんなことをしている場合じゃないって思ってるよ。でも、どうすれば良いのか分からないんだ。あいつは俺たちのために消えようとしている。自分が消えることで何もかもをなかったことにしようとしている。そんな奴に何て声をかけたら良いのか、何をするべきなのか、見当もつかない」

「私、これを調べていたの」

一枚のメモが差し出される。

「白稜祭《はくりょうさい》の夜に、白新《はくしん》駅を止まらずに通過する電車と、その時刻。当日、二人が選ぶ未来は変わるかもしれない。でも、今はもう一度タイムリープするつもりでいるんだから、その時を決めておいた方が良いと思う」

「つまり、お前がまた電車の前に飛び込むってことか？」

決意を固めたような顔で、芹愛は頷く。

「時刻が二つ書いてあるのはどうして？」

「一つ目は、白新駅に止まらない電車が、十月十日に駅を通過する最終時刻」

メモの上段には、二十三時十八分と記されていた。

「二つ目は午後十時前に通過する電車の中で、最も遅い時刻」

下段には、二十一時三十七分と記されていた。

「綜士がタイムリープすれば、十七周目の世界で起きた出来事はキャンセルされる。そういう意味では、お姉ちゃんの生死は二の次と言えば二の次だけど、出来れば、これ以上の痛い思いは……」

「そうだな。俺も安奈《あんな》さんには苦しんで欲しくない。二十一時台の電車で、けりをつけるべきだと思う」

「……うん。でも、もしも綜士たちがタイムリープをやめたいと思ったなら、そうして欲しい。私は二人が納得して決めた答えであれば、どんな選択でも受け入れるから」

恐らく、今後も雛美が堅牢《けんろう》な意志を翻すことはないだろう。

迷っているのは、この選択に納得出来ていないのは、俺一人だ。

「タイムリープをやめたら、安奈さんを救えたとしても、雛美は自分の命と引き換えに十七人を見殺しにしたと、負い目を感じるはずだ。俺がタイムリープをすれば、もちろん、あいつ一人が犠牲になる。どちらの道を選んでも、絶対に雛美が一番苦しいんだ。それが分かっていたから、とにかく、あいつの気持ちを尊重してやりたかった。そう思っていたのに……。どうしてなのかな。本当にこれで良かったのか、ずっと迷っている」

素直な気持ちを告げると、芹愛は滑り出し窓の前に立った。

「私は雛美の友達じゃない。カウントダウンの始まったこの状況で、今更、友達になんてなれやしない。そんなことを雛美が望むとも思えない。だから、私が二人にしてあげられることは、もうないと思っていた。でも、違ったみたい。背中を押してあげるよ」

窓が開けられ、気持ちの良い夜風が部室に舞い込んでくる。

「他人のことなら分かるのに、どうして私たちは、自分のことになると正しい道を見つけられなくなるんだろう。綜士が今、すべきことはね。自分の気持ちに折り合いをつけることじゃないよ」

「じゃあ、何を……」

「どうして良いか分からない。その気持ちを、雛美に正直に伝えたら良いんだよ。自分のことで真剣に悩んでくれている人がいること、それが、どれだけの救いになるか、私にはよく分かる。だって、私は味方でいてくれるはずの友達を、全員失ってしまったから」

すべての痛みを噛み殺すように、芹愛は微笑んで見せた。

「……もう七時過ぎだ」

屋外は闇に染まっている。

「それでも、今からあいつに会いに行くべきだと思うか？」

「後回しにする理由があるの？」

「……ないな。自分でもびっくりするくらい、ないよ」

かけるべき言葉を見つけるまで、会いに行けない。

結局、そんな考えは、何処までも自己本位な言い訳に過ぎなかったのだろう。

「まさか、お前に背中を押される日がくるとは思わなかった」

「私も綜士の背中を押す日がくるなんて、夢にも思っていなかったよ」

五年前に芹愛にしてしまったことを、俺は死ぬほど後悔しながら生きてきた。

あの日の過ちを、償う方法はない。やり直すことも、赦してもらうことも出来ないのだと、信じ込んで生きてきた。

……だけど、そんなことはなかった。やり直すことは出来ないけれど。償うこともやっぱり出来ていないけれど。それでも、芹愛は俺のことを赦してくれた。

何もかもが終わるなんてことはない。

俺たちが諦めない限り、この呼吸が続く限り、戦いは決して終わらない。

「雛美のこと、よろしくね」

「ああ」

「ちゃんと優しくしてあげなきゃ駄目だよ」

「出来るかな。あいつ、素直じゃないから」

「大丈夫。綜士なら出来るよ。私のことを見限らなかった優しいあなたなら」

今、芹愛が、俺のことを優しいと言ったのか？

駄目だ。これ以上ここにいたら、感情が溢れて泣いてしまう。

「じゃあ、また明日」

口早に告げて、部室から逃げるように立ち去る。


息切れするほどの速さで廊下を走りながら、痛切に思っていた。

俺の人生は、最低最悪なんかじゃなかった。

芹愛に会えたから、芹愛に赦してもらえたから。

生まれてこなけりゃ良かったなんて、もう二度と思えない。

あいつにも同じ気持ちを感じて欲しい。

こんなのは身勝手で、押し付けがましい願望でしかないけれど。

最後の瞬間がやってきた時、雛美にも絶望以外の何かで報《むく》われて欲しい。

そう、強く思っていた。

5

言いたいことが山ほどあったのに。

鈴鹿《すずか》家の玄関口で対面しただけで、言葉に詰まってしまった。そして、俺の頭が回転を再開させるより早く、

「あれ、綜士《そうし》君」

彼女の口から俺の名前が零れ、目の前の相手を勘違いしていたことに気付く。

玄関口に立っていたのは雛美《ひなみ》ではなく緒美《つぐみ》だった。私服の印象だって違うのに、やはり咄嗟《とっさ》には見分けがつかない。

「夜分にごめん。雛美に用事があって」

「うん。うちに来るってことは、そうだよね。今、呼んでくる」

こんな時間に男子が訪ねてきたにもかかわらず、緒美の反応は穏やかなものだった。

もう何度か会っているけれど、彼女は感情の昂《たかぶ》りをほとんど見せない。いつ会っても、緒美は平坦《へいたん》でフラットな表情を浮かべている。同一人物であるはずなのに、どうしてこうも雛美と性格が違うんだろう。

玄関の扉が再び開き、顔を見せたのはまたしても緒美だった。

「ごめん。雛美、出掛けているみたい。綜士君、約束していた？」

「あー。いや、約束はしていない。と言うか、この二日間連絡が取れてなくてさ。一応、さっきも電話したんだけど繋がらなかった」

「もしかして喧嘩？」

「少なくとも、そういう記憶はないかな」

どうしよう。ここで帰りを待たせてもらうべきだろうか。

「私、一ヵ所、行き先に心当たりがあるよ。裏手の道が緩《ゆる》やかな坂になっていて、突き当たりの階段を上ると丘に出るの。そこに公園があるんだけど、昔から時々、あいつ、一人でそこにいるんだよね」

「公園？　そんなところで何を……」

「さあ。街でも見下ろして、感傷に浸っているんじゃない？」

「そっか。ありがと。行ってみるよ」

「あ、ちょっと待って！」

きびすを返そうとしたところで呼び止められた。

「先月、綜士君がうちに来た時、何処かで聞いたことがある名前だなって思ったの。その理由をこの前、思い出した。綜士君、昔、懐中時計を失くさなかった？」

「ああ……。うん。随分と昔に」

「やっぱり。あのね、綜士君の名前が刻印された懐中時計を雛美が持っているの」

それは、今の俺にとって驚きの事実ではなかった。

動揺することもなく、緒美の話に耳を傾ける。

「あいつ、あの懐中時計をいつも持ち歩いているんだよね。だから、多分、今日も持っていると思う。雛美に会えたら聞いてみたら良いよ」

俺が質問したところで、あいつが素直に答えてくれるとも思えないが……。

「その懐中時計、雛美がいつから持っていたか覚えてる？」

「うーん。はっきりとは覚えていないかな。私は同じ部屋で暮らしていたから気付いたけど、あいつ、家族にも見せないようにしていたから」

「雛美ってさ、五年前の雨の日に、お父さんが連れてきたんだよな」

「うん。八津代祭の夜だったと思う」

「家に連れられてきた時には、もう懐中時計を持っていた？」

「どうだろう。財布しか持っていなかった気がするけど」

「財布を持っていたんなら、中に身分を証明するような物は入ってなかったの？」

「硬貨だけだったみたい。お札も入ってなかったって、お父さんが言ってた」

タイムリープに巻き込まれて消失した人間は、五年前の時震《じしん》を境に、この世界から消えてしまう。そして、それ以降の歩みは、当該タイムリーパー以外の記憶に残らない。

それが、俺たちの辿り着いたルールだ。しかし……。

「お父さんが雛美について話したことを覚えているんだな」

「そりゃ、覚えているでしょ。自分と同じ顔をした女が突然やってきたんだよ」

「ちなみに、ほかの家族が雛美に対して、どう接していたかも覚えてる？」

不思議そうな顔で見つめられた。

「綜士君、何が聞きたいの？　いなくなってしまっても家族のことは忘れられるわけないじゃない。覚えているよ。お母さんも、お祖母《ばあ》ちゃんも、最初は雛美に戸惑っていた。でも、お父さんに押し切られて、いつの間にか、あいつを家族の一員として認めていた。私以外は、皆、一年もせずにあいつと馴染んでいたんじゃないかな」

やはり間違いない。緒美はここ五年以内の家族の動向を覚えている。

千歳《ちとせ》先輩の仮説通り、タイムリープによって雛美の精神が過去に戻る際、同一人物である緒美にだけは、例外的に記憶の断片が引っかかるのだろう。

「さっき、同じ部屋で暮らしていたって言ってたよな。親には抗議しなかったの？　外から見た感じ、それぞれが個室をもらえる程度には部屋数ありそうだけど」

それを問うと、緒美は何かに気付いたように目を細め、考え込んでしまった。

何か言うべきではないことを言ってしまったのだろうか。

「……確かに綜士君の言う通りだね。私、あいつと同部屋にされたことが凄く嫌だった。でも、お父さんやお母さんに個室が欲しいって頼んだ記憶はないや。空き部屋もあったのに、どうして相談してみなかったんだろう」

自分でも過去の行動が判然としないのだろう。

緒美は曖昧な表情で、何度も首を捻っていた。

「何だか変なことを聞いちゃって、ごめん。そろそろ雛美を探しに行くよ。色々と教えてくれてありがとう。懐中時計のこともチャンスがあったら聞いてみる」

「うん。まあ、そもそも綜士君の物なんだから、無理やり奪っても良いんじゃないかって気もするけどね」

雛美を彷彿《ほうふつ》とさせる乱暴な発言を聞き、ここに来て初めて、二人の繋がりを感じる。

「そんなことをしたら、倍にしてやり返されそうだ」

「本当の雛美は、そんなに気が強いわけでもないよ。綜士君に対する態度なんて強がっているだけだもの。正直、見ていてちょっと痛々しい」

そうなのだろうか。俺にはあれが素の態度だとしか思えないのだが……。

鈴鹿家を出て、教えてもらった公園を目指す。

雛美と何を話せば良いのか。今、俺は彼女に何を言いたいのか。
自分のことなのに、頭の中がぐちゃぐちゃで、まるで整理出来ていなかった。

6

時刻はもう午後九時近い。
「こんな時間に女が一人で出歩くなよ」
そう、開口一番に怒るつもりだった。そうしようと決めていたのに……。
鈴鹿《すずか》家の自宅から五分ほどの距離にある公園。
高台にあるその公園でベンチに座り、雛美《ひなみ》は一人、慟哭《どうこく》していた。
十メートル以上距離があるのに、嗚咽《おえつ》がここまで聞こえてくる。
溢れる涙を止められないのか、雛美は何度も何度も袖《そで》で目の辺りを拭《ふ》いていた。
俺が知っている雛美は、いつも強がってばかりの少女だった。
弱みを見せるのを嫌い、強情な態度で本音を隠そうとする、そういう人間だった。
それなのに、今、こいつはたった一人で……。

握り締めた手の平が熱い。

触れられない身体の奥で、中心みたいな何かが痛んでいる。

この二日間、俺は雛美が連絡してこなかったことに苛立っていた。やりたいことが見つかったら連絡すると言っていたんだから、約束を守れよと怒っていた。

どうして、俺はこんなにも愚かなんだろう。

何度間違えれば気が済むのだろう。

いつだって俺は自分のことばかりだった。

もう時間がないのに、一番苦しいのは雛美に決まっているのに、受け身な自分を棚に上げて、雛美に腹を立てていた。

愚かな自分が憎い。こんなことになっている雛美に気付きもせずに、漫然と二日間を過ごしてしまった自分が、殺したいくらいに憎かった。


足音に気付き、雛美が跳ねるような動作でこちらに顔を向ける。

そして、両目を大きく見開くと、

「ストップ！　それ以上、近付いたら舌を嚙み切るよ！」

早口でまくし立て、雛美は俺に背中を向けた。

「三分待って！　ちょっと頭を整理するから！」

もしかして、こいつは泣いていたことを誤魔化すつもりなのだろうか。

「あー。風邪、引いたかも。鼻水止まんないわー」

聞こえるように独《ひと》り言《ごと》を言いながら、ティッシュで鼻をかんでいる。

それから、雛美は最小の動作で目元を拭うと、深く息を吐いて呼吸を整え始めた。


三分ではなく、十分は待っただろうか。

「実は綜士《そうし》に話していないことがあるの。私、小さな頃から夢があったんだ」

そんなことを言いながら、芝居がかった動きで雛美が振り返る。

「お前、十二歳より前の記憶はないだろ」

「……私ね、十二歳の時から譲れない夢があったんだ」

発言を訂正してでも、この話を続けるつもりらしい。

「西の方にある歌劇団に憧れていたの。いつか月組だか花組だかに入って、『すみれの花咲く頃』を歌いあげて、トップスター的な何かになる、みたいな。それで、さっきは涙を流す演技の練習をしていたわけだけれど……」

「もう、そういうのは良いよ。お前、本当、呼吸するみたいに嘘をつくのな」

「いや、嘘なんてついてないし。本当だし」

「心配しなくても、お前が聞かれたくないことを蒸し返したりしないよ。それより、隣に座っても良い？」

尋ねると、渋々《しぶしぶ》と言った顔で頷かれた。

羽虫が群がる街灯の下、さびれたベンチに腰を下ろす。

「よくここが分かったね。ストーカーセンサー？」

「緒美《つぐみ》に聞いた。多分、高台の公園にいると思うって。時々、ここから一人で町を見下ろしているらしいな」

「あいつ、盗み見していたのか。相変わらず、趣味の悪い奴だ」

雛美と緒美の関係は、普通の姉妹とは一線を画す。二人が互いのことをどう思っているのか。きっと、真実は本人以外の誰にも分からない。

「明後日《あさって》の午後九時三十七分に、急行列車が白新駅を通過する。お前に異論がなければ、芹愛《せりあ》はそこで死ぬつもりだ」

携帯電話を取り出して時刻を確認すると、

「私の人生は、あと四十八時間ってわけか」

作為的な口調で囁き、雛美は苦笑いを浮かべた。

「無反応はやめてよ。今の笑うところだよ」

「笑えるわけないだろ」

「綜士って意外と繊細だよね。て言うか、そんな情報、メールでも良かったのに」

「二日も連絡を寄越さないから心配になったんだよ」

「綜士がタイムリープする前に私が死んじゃったら、計画が水の泡《あわ》だもんね」

「そういうことじゃないよ」

「じゃあ、どういうこと?」

「二日間、一人で悩んでいたんだろ? 誰だって消えたいわけないもんな。でも、そうするしかないって、消えた人たちを取り戻すためには仕方ないんだって、必死に納得しようとしていた。だけど、お前だけが消えなきゃならないなんて理不尽だろ」

思っていることを素直に口にすると、雛美は曖昧な顔で笑ってみせた。

「何だろう。否定すれば否定しただけ嘘っぽくなりそうだけど、私、本当に悩んでなんていないよ。そもそも自分の命を、そんなに大層なものだって思っていないからね。消えてしまった十七人を救える可能性があるんだから、むしろ本望って奴? どっちかって言うと、芹愛の方が悲惨だよ。あいつ、また電車の前に飛び込むんでしょ。一瞬だって言っても、絶対、痛いじゃん。そっちの方が無理」

それが、嘘偽りのない本心だとは思えなかった。

肉体より心の方が痛いに決まっている。少なくとも、俺はそう思う。

「そうだ。せっかく会えたんだし、この二日間で私が立てた仮説を聞いてよ。十月十日の夜に、安奈《あんな》さんと綜士のどちらか一人が死んでしまう理由を突き止めたの」

感傷的な会話を振り払うように、意外な話題が雛美の口から飛び出した。

「私がこの世界に飛ばされたせいで、織原安奈《おりはらあんな》の寿命が延びたんじゃないかな」

何を言わんとしているのか、よく分からなかった。

「千歳《ちとせ》先輩が言っていたでしょ。本来存在しないはずの余剰の時間が誕生したせいで、タイムリープが起きるんだって。同じ理屈だったんだと思う。安奈さんの寿命が延びたことで、時間がイレギュラーに増えちゃったんだよ。でも、この世界が抱えられる時間には許容量があって、十月十日に限界を迎えちゃうの。それで、世界は時間の歪みを正すために、元凶の安奈さんを死に向かわせてしまう」

「安奈さんが本来死ぬべき日に死ななかったから、十月十日に時間が飽和して、世界に殺されるってことか？」

「多分。そんな感じの理屈だと思う。綜士が死ぬと安奈さんが助かるのは、超過した時間が綜士の死で相殺されるからなのかもしれない。綜士が生きていくはずだった時間で、安奈さんの未来が補塡《ほてん》されるんだよ」

「言いたいことは何となく分かった。ただ、二つ、腑に落ちないことがある」

「二つだけ？　綜士にしては上出来じゃん」

こいつはどうして大切な話に限って、腰を折ろうとするのだろう。

「お前がこの世界に来たせいで、安奈さんの寿命が延びたってどういうこと？」

「バタフライ効果って奴？　風が吹けば桶屋《おけや》が儲《もう》かる的な感じで、回り回って安奈さんの寿命が延びたんだと思う。勘だけど」

「そこは勘なのかよ。まあ、良いや。もう一つ質問。どうして俺が死んだ時だけ、安奈さんが助かるんだ？　関係性が分からない。俺以外の人間だって十月十日に死ぬだろ」

「それこそ隣人なんだから、私の場合より想像し易《やす》くない？　何かのタイミングで、安奈さんの寿命が延びるきっかけを綜士が作ったんだよ。その時に、二人の命が因果関係で結ばれたの。つまり、安奈さんの寿命を延ばした綜士だけが、十月十日の死を代替出来るってこと。まあ、勘だけど」

「また勘かよ」

「私、馬鹿だもん。説明なんて上手に出来ない。でも、この推理には不思議と自信があるんだよね。だって、安奈さんの死因には、いつも必ず綜士が絡んでいたじゃない。因果関係が結ばれてなきゃ、そんなことは起きない。絶対、この推理は当たってる気がする。ただ……だからこその不安もある」

雛美の横顔に、鬼胎《きたい》を具現化した影が落ちた。

「千歳先輩も言ってたでしょ。私の存在が否定されれば、消失した十七人は戻ってくるだろうけど、安奈さんの運命については断定出来ないって。私がこの世界に現れたことで安奈さんの寿命が延びたのだとしたら、私が消えることで、今度は安奈さんが死んでしまうかもしれない。もしも、そんなことになったら芹愛は……」

雛美のせいで安奈さんの寿命が延びたという、そもそもの前提が仮説に過ぎない。しかし、雛美は本気で想定され得る未来を恐れているようだった。

右手を額に当て、足りない頭を必死になって回転させる。

咀嚼《そしゃく》された状況を考察し、導き出された結論は……。

「世界が元通りになった時、安奈さんが生きているかどうかは、本来の死期がいつだったのかに左右されると思う」

「どういうこと?」

「世界が復元するのは、あくまでも俺が過去に戻り、お前が消えた瞬間、つまり九月十日だ。ということは、安奈さんの死期が九月十日よりも前なら、その事象は既にキャンセルされているってことになる。逆に、九月十日以降なのであれば、お前が言った通りになるかもしれない。俺が過去に戻った後で、その日がくれば安奈さんは死ぬ」

目を閉じて、雛美は天を仰いだ。

「……綜士のその推理、信じても良い？」

「ああ。大丈夫だと思う」

「それなら、心配は杞憂《きゆう》かな。安奈さんの本来の死期は、九月十日以前だと思うから」

「お前、さっき『勘だけど』って言ってたよな。本当は安奈さんのことも何か知っていたのか？」

「別に……ただの確率論だよ。私がこの世界で過ごすことになる歳月は、五年と二ヵ月。安奈さんが死ぬのは、前半の五年と一ヵ月の間だったのか、それとも最後の一ヵ月だったのかって話でしょ。普通に考えたら、前者の確率の方が高いよ」

主張したいことは分かる。

拾った懐中時計の持ち主だった俺ならばともかく、安奈さんのことまで雛美が知っていたとは、さすがに考えにくい。ただ、この反応は……。

「ねえ、私も意外と賢かったと思わない？」

いつもの笑みが、その顔に浮かんでいた。

「千歳先輩でも解けなかった謎の真相を突き止めたんだよ。我ながら自分の頭脳明晰《めいせき》さに驚いてしまったよ。先輩が戻ってきたらさ、聞いてみて欲しいな。先輩、私の推理の鋭さに、絶対驚くと思うから」

楽しそうに告げる雛美の横顔が哀しかった。

「推理も良いけど、強がっているお前の顔を見ていると、俺は胸がざわつくよ」

「またその話？　だから別に強がってなんていないんだってば」

「強がっていたわけじゃないなら、どうして二日も連絡をくれなかったんだ？」

「何でだろうね。私にもよく分かんない」

「連絡がなかったから心配していた。力になりたいんだ。愚痴でも、弱音でも、何でも良いから、お前が思っていることを聞かせてくれよ」

「そういうのは、もう良いよ」

「もう良いって何だよ」

「私にはもう構わなくて良いってこと。タイムリープしたらまた芹愛と気まずくなるんだから、今の内にお喋りでもしてなって」

「それこそ、そんなことはいつでも出来る。今はお前と……」

「だから、本当にもう良いんだって」

苛立つような口調で遮られた。

「人生最後の六日間を一人で過ごしたくないって言ったのはお前だぞ。何で急に、そんなこと言い始めるんだよ」

「うるさいな。何で熱くなってるの？　綜士、そんな奴じゃなかったでしょ？　他人のことなんて放っておけば良いじゃん」

「お前は他人じゃねえよ。放っておけるわけないだろ」

自分でも驚くほどに、低い声が出た。

「……私が友達だから？」

「違うよ」

首を横に振る。

「お前がずっと、俺を守ってくれていたからだ。今更かもしれないけど、本当に感謝している。だから、今度は俺の番なんだ。俺はもう、お前のことを絶対に一人にはしない」

最後の瞬間まで、鈴鹿雛美の味方でありたい。

それが、今、この胸が抱く唯一の願いだった。

長く、細い息が彼女の口から吐き出される。

「……あーあ。結局、全部、無駄じゃん」

面白くなさそうに雛美は告げる。

「そんなこと言われたら、強がってる私が逆に子どもみたい」

「やっぱり強がりだったのかよ。お前は本当、訳が分かんないな。白状してくれ。どうして一人になろうとしたんだ？」

「映画も、スケートやプラネタリウムも、全部、楽しかったよ。少なくとも私は、本当に楽しかった。でも、途中で気付いちゃったんだよね。綜士は私との思い出なんて作っても意味がないって。ううん。意味がないどころか、邪魔なだけなんだって。だって、これからの綜士は、私を消してしまったって記憶を持ちながら生き続けなきゃいけないんだよ。楽しい思い出なんて作ったって、つらくなるだけじゃん。私との思い出なんて少ない方が良い。少なければ少ないほど、綜士は日常に戻っていける」

やっぱり、こいつはとてつもなく馬鹿な女だった。

結局、また、俺のことを心配していたのだ。残りの人生が、たった数日しか残されていないのに、俺のことを心配して、一人になろうとしていた。

「この期に及んで、人の心配かよ」

「しょうがないじゃん。ほかにすることないんだから」

ずっと、我が儘《わまま》で、身勝手で、傍若無人な奴だと思っていたけれど。

それは、ある側面では正しかったのかもしれないけれど。

真実は違った。

本当の雛美は、愚かで、馬鹿で、こんなにも優しい奴だった。

どんなにつらくても、仲間に心配をかけまいと一人で涙を流すような、そういう……。

「お前が白状してくれたから、俺も正直に話して良いかな」

「うん。良いに決まってるでしょ」

きっと、馬鹿だったのは雛美だけじゃない。

取り返しがつかないほどに愚かな俺は、今日まで気付けなかったが、

「やっと自分の気持ちが分かったよ」

「自分の気持ち?」

「お前、五日前に言ってただろ。俺がどうしたいのかを聞きたいって。あの時は先輩の手紙を読んだばかりで混乱していたし、本当に自分の気持ちが見えなかった。でも、今ははっきりと分かる。お前の涙を見て、気付いたんだ」

「その話、さっき蒸し返さないって約束したじゃん」

「そうだったな。でも、やっぱり無理だ。見なかったことになんて出来ない」


雛美からの連絡が入らなかった二日間、本当に苦しかった。

結論は出たはずなのに、その時を待つだけだったのに、何をしていても気が晴れなかった。胸が締め付けられるように息苦しかった。

この五年間、俺の人生は織原芹愛で占められていたと言っても過言ではない。何をしていても、夢の中でも、頭の中は芹愛のことでいっぱいだった。

それなのにこの二日間は、いや、こいつが消えると決意してからの五日間は、雛美のことしか考えられなくなっていた。

同情しているだけだ。

消えてしまう雛美のことを哀れに感じているからだ。

ずっと、そう思っていたけれど、真実はもっと別の場所にあった。

たった一人で泣きじゃくるこいつの姿を見て、それに気付いてしまった。


「なあ、雛美。やっぱり、やめにしようぜ」


それを、とうとう口に出してしまう。

「千歳先輩が手紙で言っていた通りだった。命は天秤になんてかけられない。何人救われるかなんて関係ない。お前を犠牲にして、お前一人に全部を押しつけて、それで誰かを救おうなんて、やっぱりおかしいよ」

引きつった顔で、雛美は俺を見つめていた。

「そりゃ、もう一度、先輩と会いたいよ。一騎《かずき》とも、母親とも、会いたいに決まってる。消えてしまった親友たちを、芹愛に取り戻してやりたいとも思う。だけど、だからって、その代わりにお前が消えるなんて、そんなの認められるわけないだろ」

飽和しそうな感情を、整理も出来ないまま吐き出していく。

「居場所もない世界に飛ばされて、自分が誰なのかも分からないまま、散々、苦しんできたんじゃないか。不安と孤独に付きまとわれて、訳も分からないまま同じ時間を繰り返させられて、信頼出来るようになった家族まで一人ずつ消されて、最悪な人生だ。そこまで苦しめられたお前が、どうして、また一人で全部背負わなきゃならないんだよ。そんなのおかしいに決まってんだろ！」

気付けば、叫んでいた。

「お前が聞きたいって言ったんだからな。責任取って、ちゃんと聞けよ。俺は、お前に消えて欲しくない。明日も、明後日も、その次の日も、ずっと、お前にこの世界で生きていて欲しいんだ！」


やっと、心の中に渦巻いていた闇を、吐き出すことが出来た。

歯を食いしばった雛美の右目から、一筋の雫《しずく》が伝う。

世界で一番哀しい涙が、その手の甲で砕け散る。

「これで全部だ。正しいとか、間違ってるとか、そういうのは分かんないけど、思っていることは全部、正直に言った」

それから、俺たちは何時間、黙り込んでいただろう。

肩さえ触れていないのに、寄り添っているみたいに暖かい。

二人のほかには誰もいない公園で、俺たちは、ただ、傾いていく月を見つめていた。


「どうしてだろう」

隣に視線をやると、雛美が目を閉じていた。

「綜士の言葉を聞いたら、迷いが消えちゃった」

目を閉じたまま、雛美は心の声を反芻《はんすう》するように頷く。

「うん。綜士がそう思ってくれただけで、もう十分だ。ありがとう。とっても嬉しかった。まあ、涙は出なかったわけだけど、泣きたくなるくらいには心が震えた」

どうやらこいつは、こんな時でも強がるらしい。

「綜士と千歳先輩と芹愛を助けたい。私のことを家族だって言ってくれた人たちを、この世界に取り戻したい。綜士、ごめんね。やっぱり、これが私の正直な気持ちだ」

全身の力が抜けていくのを感じていた。

二度と覆ることのない覚悟を、今、雛美は決めたのだろう。

晴れ晴れとした表情が、その顔に浮かんでいた。

「もう、俺が何を言っても無駄か？」

「ごめん」

「……そっか」


雛美に同情して言ったわけじゃない。

こいつを励ましたくて語気を強めたわけでもない。

俺は心の内を正直に伝えたし、それを受けて、雛美は決意を新たにした。

時刻を確認すると、とっくに日付をまたいでいた。

「残りの人生、あと二日になっちゃったね」

俺の携帯電話を覗きながら、まるで他人事のような口調で雛美が呟く。

「私、考えたんだけど、この世界でやり残したことが、一つだけあるかも」

「やり残したこと？」

言いにくいことなのか、雛美は一度、唇《くちびる》を噛む。それから、

「緒美の奴にさ、謝ってないなって」

そんな言葉が告げられた。

「私のせいで、緒美の人生はめちゃくちゃになったわけじゃん。親の愛情が分割されて、理由も分からないまま家族が消えて。どう話したって理解なんてしてくれないだろうけど、ちゃんと全部説明して、謝りたいの。これって自己満足かな？」

雛美と緒美、二人の間に横たわる感情は、あまりにも複雑で、それでいて残酷で、きっと、他人には理解し得ないものだ。ただ、そこに存在していたのは、憎しみだけではなかったということなのだろう。

「そもそもお前が悪いとは思わないかな。どうしようもなかったことだ」

「そう？　故意じゃなくても加害者は加害者じゃない」

一連の現象は、こいつがこの世界に飛ばされてきた時から始まったかもしれない。だが、雛美が悪いわけじゃない。それだけは絶対に違う。ただ、

「お前が謝りたいなら、そうすべきだと思う」

「じゃあさ、その場に一緒にいてくれない？　私と緒美の二人きりだと、多分、まともな話し合いにならないから。こんな話、信じろっていう方が無茶だと思うし」

「確かに、それはそうかもな。分かった。今から家まで戻るか？」

「さすがに緒美は、もう寝てると思うよ。あいつ、寝起き悪いし、こっちももうちょっと時間が欲しい。どう話すべきか、考えをまとめたいの。明日、私も登校するよ。授業には出ないけど部室に行く。放課後、緒美に話す時に付き合ってくれると嬉しい」

「ああ。任せろ」

「ありがと。それが出来たら、今度こそ本当に、思い残すことがなくなりそうだな」

満足そうな微笑を浮かべながら、雛美はそんな風に呟いた。

8

誰にも時間を止めることは出来ない。

望むにせよ、望まないにせよ、終わりの時は平等にやってくる。


十月十日、土曜日、午後九時。

白新駅、二番線のホームに到着したばかりの電車から、芹愛《せりあ》が降りてきた。

俺と雛美《ひなみ》は白鷹《しらたか》高校の制服を着ているが、芹愛は私服姿だった。

「あと三十分だね。二人の気持ちは変わってない？」

「うん。変わってないよ。これから変わることもない」

「……そっか」

「そっちは何処かに出掛けていたの？」

「陸上選手権に出場してきた。綜士《そうし》が言った通り、未来は変わるみたい。初めて表彰台の最上段に立ったよ。主目的は、お姉ちゃんを県外に連れ出すことだったんだけどね」

「じゃあ、安奈《あんな》さんは……」

「今は旅館で休んでる。もちろん、火災が起こるホテルとは別の場所。国際大会出場の打診がきたって方便で、私だけ抜け出してきたの。だから、もしも二人が土壇場で選択肢を変えたとしても、お姉ちゃんのことは心配しなくて良い」

最後の最後まで俺たちが迷えるよう、芹愛は安奈さんの安全を確保してきたのだろう。

八津代町を出て、火災が発生するホテル以外の場所に宿泊しても、安奈さんが無事でいられる保証はない。しかし、それ以外に打てる手段がないのも事実だ。この方法でも安奈さんが死ぬのであれば、もう絶対に彼女は救えない。

「ありがとう。でも、本当に私の気持ちは変わらないよ」

「うん。雛美が納得しているなら、私はそれで良い」

「芹愛。ごめんね」

雛美は小さく頭を下げる。

「私、あんたのことを誤解していたかも。ずっと、何て嫌な奴なんだろうって思ってた」

「大丈夫だよ。それ、そんなに見当違いでもないから」

「今日も、芹愛に一番痛い思いをさせてしまう」

「肉体の痛みなんて、絶望と比べたら生温《なまぬる》いものだよ」

本当にそう思っているのだろう。

悟ったような笑みを芹愛は浮かべていた。

「制服を着ているってことは、二人とも今日は高校に？」

「色々考えたんだけどね。意外とやりたいことって見つからなくて、結局、白稜祭《はくりょうさい》に参加してみることにしたの。考えてみれば、まともに学校行事を楽しんだことってなかったしさ、最後くらい青春っぽいことをしてみようって」

「白稜祭は楽しかった？」

芹愛の問いを受け、雛美と顔を見合わせる。

「まあ、こんなもんかって感じ？　つまらなくはなかったけど、私は人が大勢いる場所が苦手なんだと思う。中学生までは、お祭りに憧れてたりもしたんだけどな。人生の最後に気付いたことが、こんなことだったなんて、ちょっと笑える」

記憶に残る最初の周回、十二周目の世界でのみ、俺は白稜祭に参加していた。

ただ、その時は、外部カメラマンにトラブルが発生したせいで、夕方以降、実行委員に見張られながら、延々と写真を撮らされている。

その一連の流れは、俺を時計塔へ近付けないために、雛美が仕組んだものだった。外部カメラマンの機材ボックスを南京錠《なんきんじょう》でロックし、写真部に撮影の仕事が舞い込むよう流れを誘導した上で、雛美は実行委員に釘《くぎ》を刺す。写真部の二人は、クラスの仕事もさぼっているし、見張りをつけておかないと勝手に帰るはずだ。最後まで見張っていた方が良い。そう、実行委員に忠告していたのだ。

その結果、あの日、俺たちは夜行祭終了後まで、自由に身動きが取れなかった。

そうやって、雛美は自身のタイムリープを回避していた。

電光掲示板に目をやると、急行列車が通過する時刻まで、残り十五分を切っていた。

「じゃあ、これ以上、二人の邪魔をするのも嫌だから、私は反対のホームに移るよ。何かあったら電話をかけて」

雛美の肩に優しく手を置いてから、芹愛は去っていった。

二番線を挟んだ向かいのホームに移動した芹愛が、俺たちに背を向けてベンチに座る。

それを見てから、どちらともなく、並んでベンチに腰を下ろした。

今、俺は雛美に何を言えば良いのだろう。何が言えるのだろう。

タイムリープの度に、芹愛は父親を亡くしている。父の死期が近付いた時、あいつはお別れする家族に、どんな言葉をかけてきたのだろうか。

何か言わなくてはと思うのに、頭の中がぐちゃぐちゃで言葉が出てこなかった。

「ここまで来るのに、私たちは十八回もかかっちゃったね」

発車していく電車を見つめながら、雛美が囁く。

「それでも、これで何もかもが終わりになって、綜士と芹愛が苦しみ続けた日々が、無駄にならなかったら良いな」

「そうなるさ。お前のためにも、絶対に意味のあるものにしてみせる」

「やっぱり、綜士は変わったよね。もう、私が知っていた頃の杵城《きじょう》綜士《そうし》は、何処にもいない。それはそれで少し寂《さび》しいかな。根暗なストーカー君も、私はそんなに嫌いじゃなかったからさ」

悪戯な笑みと共に見つめられた。

「ねえ、緒美《つぐみ》は私のことを覚えていてくれると思う?」

「……ああ。そう思うよ。そうなるって俺は信じている」

本当は一人だったのに、出会った時から、二人はお互いを避け続けてきた。

鏡映しのような分身から、目を逸らしながら生きてきた。

そして、ようやく認め合えたかもしれないのに、二人がすべてを分かち合うには、あまりにも時間が足りなかった。

出来ることはやったと思う。しかし、それで何かに届いたという確信もない。

雛美が消えることで始まる新しい世界。

そこで、緒美がどんな風に生きていくのか、今は想像も出来なかった。


眩暈がするくらいに様々な出来事を雛美と共に経験してきたし、抱え切れないほどの感情をぶつけ合ってもきた。

だが、俺が雛美と過ごす時間は、これでもう本当に終わりになる。

「一つ、謝っておくよ」

「謝る？」

「千歳《ちとせ》先輩が世界に戻ってきたら、俺と安奈さんの因果関係について、自分の推理を話して欲しいって言ってただろ。先輩、絶対に驚くと思うからって。でも、その頼みには応えられないかもしれない」

「どうしてさ」

「先輩が戻ってきても、俺はコンタクトを取らない気がするから」

まだ、迷っているけれど……。

「ここで悪夢の連鎖を断ち切れるのだとしたら、それは先輩のお陰《かげ》だ」

「うん。だからこそ、感謝を伝えなきゃいけないんじゃないの？」

「こんな結末を迎えるのにか？　お前を犠牲にするっていう、この最後の選択に気付いたのは先輩だぞ。命を天秤にかけるべきじゃないって、そう信じていた先輩が、断腸《だんちょう》の思いで書き残した選択肢だ」

雛美が消えることで、世界は確実に何らかの変化を見せるだろう。

この選択の先、本当に、未来があるべき姿に収束したとして……。

「すべてを知ったら、先輩は自分を責めるはずだ。お前の存在を否定してしまったことに、必ず落ち込むはずだ。でも、記憶にもない過去のせいで、後悔に押し潰される必要なんてないだろ。俺たちを助け続けてくれた先輩を、わざわざ苦しめたくない」

「……そっか。そういうことになるのか」

「俺だってもう一度、先輩と話したいよ。全部、聞いて欲しいとも思う。でも、先輩の気持ちを考えたら、それが正しいことなのか分からない」

「綜士は優しいね」

「どうかな」

「優しいよ。私はそれを知ってるよ」

雛美は想いを噛み締めるように目を閉じて、一度頷く。

「綜士が決めたことなら、私はそれで良い」

「ありがとう。……ごめんな」


刻一刻と迫る終わりの時を思っていた。

巻き戻せない別れの時が、一歩、また一歩と、近付いてくる。


「お前と初めて会った周回でも、俺たちは最後に、この場所にいた」

「知ってるよ。芹愛の自殺を止められなかったんだよね」

「ああ。時震が発生して、あの時、千歳先輩は『自分の命を自分で絶つような奴を、僕は絶対に赦さない！』って叫んでいた。俺もその通りだと思った」

「不思議な話だね。絶対に赦せないと思っていたことを、私たちは同じ場所で繰り返そうとしている」

「そうだな。でも、今はこの選択が間違っているとは思わない」

まったく同じ行為でも、時と場合によって意味は変わる。

きっと、そういうことなのだろう。

「今なら分かることが、もう一つある。十三周目の世界で、お前が話した言葉の意味だ」

『綜士はさ、どうして自分がこの世界に生まれてきたんだろうって考えたことある?』

薄い月明かりが差し込む時計部の部室で、雛美はそんな質問をしてきた。

それから、こう続けている。

『一つで良いから、私がこの世界に生まれてきた意味があったら良いなって。私が生きていることを喜んでくれる人が、誰か一人でもいたら良いなって。いつも願ってる』

「あの時は、お前の気持ちが分からなかったけど、今なら理解出来るよ」

唇をぎゅっと結んだまま、真っ直ぐ前を見据える雛美の頭に、ポンと手を置く。

「つらかったよな。苦しかったよな。自分が何者なのかも分からないまま生きるのは」

受け入れてくれた家族を失くし、頼るべき相手も、すがるべきアイデンティティも持たずに、こいつはたった一人で生きてきた。

「お前がこの世界にいてくれて、俺は嬉しかったよ」

小刻みに雛美の身体が震えていた。

「私がいなければ誰も消えなかったんだよ。綜士や芹愛が苦しむこともなかった」

消えそうな声で、雛美はそう言ったけれど。

「たとえそうだったとしても、俺はお前に会えて良かったよ」

「でも、私が生まれてこなければ、綜士が親友と会えなくなることだって……」

「お前と出会ってから、色んなことに気付けたんだ。俺は馬鹿だから、親友や母親がどれだけ大切な存在なのか、まるで分かっていなかった。お前や千歳先輩と会えなかったら、きっと死ぬまで芹愛にも謝れないままだった。お前がこの世界にきてくれたからだよ。お前のお陰で、やっと正しい人間になれたんだ。お前がいてくれて、本当に良かった」

雛美の頰を、一滴の涙が伝う。

「最初に会った日のことを覚えてるか？　お前、古賀《こが》さんの服の中にサッカーボールを入れて、妊婦を助けている体《てい》で写真を撮れとか言ってきたんだぜ。本当、頭のおかしな奴だと思ったよ」

笑っているはずなのに、いつの間にか、目頭が熱くなっていた。

「でも、今なら分かる。お前も必死だったんだよな。接点のない俺を助けるために、勇気を振り絞って、声をかけてくれたんだろ？」

雛美は涙を流すだけで、答えなかった。

「あの日、俺に会いに来てくれて、ありがとな。本当に感謝してる」

電光掲示板の時刻が、九時三十六分に切り替わる。

急行列車がやってくるまで、あと一分だ。

「ねえ、綜士。本当にこれでお別れだから。もう、何もかもが終わってしまうから。お願いをしても良いかな。私と手を繋いでくれない？」

答える代わりに、右手を差し出す。

そして、雛美の左手が俺の右手に重なったその時、手の平に金属製の何かが触れた。

重なった手のせいで見えなくても、その正体は分かる。

「ずっと、返せなくてごめんね」

震える彼女の声が鼓膜に届く。

「返さなきゃいけないと思ってた。返せるチャンスだって、本当は何度もあった。でも私は弱虫で、これがないと不安で、だから、ずっと……」

それは、俺が初めて聞く、雛美の弱音だった。


思い残すことがないように、精一杯、あがいてみたけれど。

やっぱり、分からないままになってしまったことは沢山ある。

雛美はいつから俺のことを知っていたんだろう。

どうして俺なんかのことを守ろうとしていたんだろう。

結局、最後まで肝心なことは聞けないままだった。

だけど、俺と雛美を繋いでいたのかもしれないたった一つの過去が、五年前に失くした懐中時計が、今、この手の中に返ってきた。

この感触だけは、偽物じゃないはずだ。

「少し前に、駅でお前に言われた言葉を、ずっと考えていた」

『……一世一代の告白だったのに。やっぱり馬鹿のせいで台無しだ』

「あの時は、こいつ、何度も俺のことを馬鹿呼ばわりしているけど、本当に馬鹿なのはそっちじゃないかって思ってた。俺が死ぬことでお前がタイムリープに至るなんて話、今更、真顔で言われても驚きようがなかった。でも、本当は違ったんだろ？　あの時、お前が俺に伝えたかったことは、そういうことじゃなくて……」

唇を噛み締めて、雛美が俺を見つめていた。

視界の先で、芹愛がベンチから立ち上がる。

「なあ、雛美。これで最後だから、もう本当に最後になるから、聞いても良いかな」

溢れ続ける涙を強引に拭って、雛美が頷く。

「お前さ、俺のことを好きだったのか？」

歯を食いしばったまま、雛美は涙で顔をぐしゃぐしゃに歪めていた。

「……別に好きじゃない。私は、綜士に恋をしていたわけじゃない。そんなことない」

震える声で、雛美は早口にまくしたてる。

『二番線を急行列車が通過します。白線の内側までお下がり下さい』

「だから、私が綜士のことを好きだったとか、そういう事実はないんだから、消える人間のことなんて気にしなくて良い。私のことなんてさっさと忘れて、もう一回、芹愛とも仲直りして、それで、何か上手い感じに幸せになって」

雛美が線路に視線を向けるのと、急行列車が目の前を通過するのが同時だった。

線路に飛び降りた芹愛の姿が、一瞬で見えなくなる。

「あ……芹愛……ああ……芹愛！」

その名を叫びながら立ち上がった雛美だったが、同時に、激しい揺れが発生する。

最後の時震が始まったのだ。

「綜士！」

倒れながらも雛美は俺の袖を強く摑む。

「幸せになってね！　絶対に幸せにならなきゃ駄目なんだからね！　過去の失敗になんて囚《とら》われないで、私のことも頭から消し去って、未来を生きて！　綜士は最低な人間なんかじゃないんだから！　失敗しても反省して、前を向ける人間なんだから！　だから！」

溢れ出す涙を堪えることが出来なかった。

「もう良い。もう良いんだ。全部、分かってる！　分かってるから！」

雛美の右腕を握り締め、叫ぶ。

「分かってないよ！」

「分かってる！　お前が最後についた嘘も、ちゃんと分かってるから！」

彼女の両目が大きく見開かれた。

「そんなこと言わないで……。そんなこと言われたら、やっぱり消えたくないって思っちゃうじゃんか……」

気付かぬ内に、雛美の華奢《きゃしゃ》な身体を抱き締めていた。

「ごめんな。雛美……雛美……」

「私だって、本当は皆と、綜士と、もっと……！」

それが、俺の聞いた鈴鹿雛美《すずかひなみ》の最後の声になった。
ありったけの力で抱き締めていたのに、小さな温《ぬく》もりは嘘みたいに消えてしまう。

この世界は、とても残酷だ。
俺たちはそんな世界を呪いながら、己の無力を噛み締めながら。
それでも、未来を信じて前を向く。

いつか訪れるだろう最期の瞬間を迎えた時に、せめて笑顔で死ねますように。
そう祈りながら、俺たちは血反吐《ちへど》を吐いて生きていく。

最終話

二度と始まることのない終わりまで

1

首元が汗でぐっしょりと濡れ、頭が割れるように痛んでいた。

織原芹愛《おりはらせりあ》の死を知り、タイムリープが発生すると、その時間を起点として、杵城綜士《きじょうそうし》の精神は一ヵ月、過去に戻る。

ベッドの上で目覚め、デジタルクロックに目をやると、九月十日、木曜日の午前六時四十一分だった。

示されていた日時は理解と相違ない。俺は再び、一ヵ月前へと戻ったのだ。

本当に今回のタイムリープで、鈴鹿雛美《すずかひなみ》が消えたのだろうか。

それに伴う漸進的な変化が、この世界に起きているのだろうか。

消失した人間は、五年前から世界に存在しなかったことになる。雛美がこの世界に現れなければ、余剰の時間も生まれない。一連の現象、そのすべてを否定出来る可能性があるわけだが……。

結末を確かめるのが怖かった。

タイムリープのために余剰の時間を一年必要とする芹愛が、十六周目の世界で、安奈《あんな》さんの死を知ってもタイムリープしなかったように、もう二度と、俺が過去へ飛ぶこともない。どんな未来が待ち受けていても、俺たちはそれを甘受しなければならない。


心臓の鼓動が病的に速まっていた。

吐き気をもよおすほどに、足がすくんでいる。

高校入試の結果発表でも、五年振りに芹愛に話しかけた時でも、ここまでの緊張はしていなかったはずだ。伸ばした手の先にある風景が、死ぬほど怖い。

強く、両の手の平で、自らの頬を叩く。

しっかりしろ!

弱音を吐くな!

ここは、雛美が自分の存在をかけてまで確かめようとした未来だ。

彼女の想いの先にあった未来を、俺がこの目で確認しなければならない。

震える両足に力を入れ、手すりに摑まりながら階段を下りていく。

リビングへと続く扉の前に立ち、一つ、大きく深呼吸をした。

かすかに聞こえる生活音のような物音は、期待からくる幻聴だろうか。

目を閉じ、勢いよく扉を開けると……。

「あら、珍しく早起きね」

ダイニングキッチンの向こうから、母が驚いたような顔を見せていた。

限界まで感情が昂った時、人は言葉を失うらしい。

無言のまま見つめていると、母の表情が曇る。

「何？　朝食の催促？　それならもう少し待ってて」

「いや、そういうことじゃなくて……。あの、俺にも何か手伝えることある？」

口をついて出てきたのは、自分でも信じられないような言葉だった。

「お手伝い？　急にどうしたの？　熱でもある？」

「別に熱なんてないと思うけど」

「じゃあ、もしかして私を殺そうとか考えてる？」

「そんな物騒《ぶっそう》なこと考えるわけないだろ。ただ……せっかく早起きしたから、何か手伝えないかなって思っただけだよ」

不審の眼差しが突き刺さる。

「本当に頭でも打ったんじゃない？　それとも、まだ夢でも見てる？」

俺が朝食の準備を手伝おうとすることが、そんなにも不可解なのだろうか。

今まで散々、母に対して悪態をついてきた。

自業自得と言えばそれまでだが、あまりの評価の低さに泣きたくもなってくる。

「……まあ、良いや。何かあったら言って。朝ご飯が出来るのを待ってる」


朝の報道番組をつけても、ニュースがまったく頭の中に入ってこない。

何度確認しても、母の姿は幻なんかじゃなかった。

最後のタイムリープによって、千歳《ちとせ》先輩が推測した通り、世界は本来あるべき形へと復元したのかもしれない。

母が帰ってきたということは、一騎《かずき》も、千歳先輩も、亜樹那《あきな》さんも、きっと皆が……。


こんなにも一口一口を味わいながら朝食をとったのは初めてだろう。

当たり前の日常は、ただ、当たり前であるというだけで幸福だった。

もう二度と、この平凡な日常を失いたくない。

生温く、苦い珈琲《コーヒー》を飲みながら、そんなことを、ただひたすらに思っていた。

2

玄関の扉を開けたその時、さらなる祝福と対面する。

道路を挟んで向かいに立つ織原《おりはら》家の庭で、安奈《あんな》さんが洗濯物を干していた。

雛美《ひなみ》の予感と俺の推理、どちらも正しかったということだろうか。

世界が復元しても安奈さんは死んでいなかった。ちゃんと生きていてくれた。

「おはようございます」

「おはよう。綜士《そうし》君、今日はちょっと早いね」

鼓膜に届く安奈さんの声が愛おしい。

「芹愛《せりあ》はもう家を出ましたか？」

「うん。朝練があるからね」

どうやら、芹愛にとっても当たり前の日常が戻ってきていたらしい。

安堵《あんど》を噛み締めるだけで、胸がいっぱいになる。

本当に良かった。

芹愛の人生もまた、再び、始まっていたのだ。


その後も福音は続く。

狂おしいまでの祈りと期待を経て。

登校した二年八組の教室には、願い続けた日常が復元されていた。

廊下側の最後尾に海堂一騎《かいどうかずき》の姿を発見し、一瞬で涙が溢れそうになる。

「朝からそんな顔をして、どうした？」

懐《なつ》かしい声が、琴線《きんせん》を揺らす。

「さては電車の中で芹愛と鉢合わせでもしたのか？」

悪戯な笑みを浮かべて一騎が囁いたけれど、数時間前まで悪夢の渦中にいたせいで、冗談みたいに現実感が湧かない。

親友や母親が消えたことも、千歳《ちとせ》先輩や雛美と出会ったことも、本当はすべてが夢で、何の変哲もない今日こそが、昨日までの延長なのかもしれない。親友の笑顔を眺めていると、そんな気さえしてくる。

「一騎。夏休み前の終業式に起きた事件って覚えてるか？」

「終業式で起きた事件？」

「校長先生が倒れたとかって言って、壇上に生徒が一人、上がっただろ？」

「……何の話だ？　そんなことあったっけ」

訳が分からないといった顔で、一騎は首を傾げる。

「ああ……。いや、覚えていないなら良いんだ。悪い。忘れてくれ」

「何だよ、それ。今日のお前、やっぱり少し変だぜ」

確かめたいこと、確かめなければならないことは山ほどある。

世界が元通りになっていることに、芹愛は一年前の時点で気付いたはずだ。芹愛が最後にタイムリープをしたのは十四周目であり、その時、あいつは俺がタイムリーパーであることを確信している。消えた人々が突然戻ってきた理由を、昨日までの俺に尋ねた可能性もあるだろう。

「一騎。もう一つ聞いても良いかな。子どもの頃って、八津代祭《やつしろさい》に出掛けていた？」

「ああ。毎年、家族で花火を見に行ってたよ」

「弟が生まれた頃もか？」

「中学生までは見に行かなかったことなんてないかな。うちの父親、異常なまでに花火が好きでさ。乳幼児なんて音にびびって泣くだけなのに、小さい頃から慣れるべきだとかって言って必ず連れて行くの。こっちが周りに気を遣うよ」

辟易《へきえき》とした顔で語る一騎の言葉を聞きながら、別のことを考えていた。

「じゃあさ、五年前の八津代祭のことは覚えているか？　あの日、打ち上げ花火が始まった後で、強い地震があったと思うんだけど」

核心を問うと……。

「地震？　そんなことあったか？」

すべての根幹を否定する言葉が、即座に返ってきた。

「あー。お前が覚えていないってことは、俺の記憶違いかな」

「花火を見ている時にでかい地震があったんなら、さすがに覚えてると思うぜ」

「そう……だよな」

終業式の事件だけじゃなく、五年前の『時震《じしん》』も一騎は認識していなかった。

これは、つまりどういうことだろう。千歳先輩の仮説通り、雛美が消失したことで、あの時震そのものが否定されたと考えて良いのだろうか。

答えを知る術《すべ》は、恐らく一つしかない。

「なあ、今日の放課後、陸上部を見に行かないか」

「お。久しぶりだな。良いぜ。実は俺も試してみたい撮り方があったんだ」

答える代わりに苦笑いを浮かべる。

今後は隠し撮りのような行為をしたくない。そういう気持ちもあるにはあったが、それ以前の問題で、今はあいつの写真を撮るより先に優先してやらねばならないことが山積している。

芹愛のタイムリープに巻き込まれた人々を確認したいし、何より、この復元した世界について、あいつと話し合いたかった。何故、世界が突然、元に戻ったのか。何もかもを説明したい。雛美の覚悟と想いを、芹愛にも聞いて欲しい。

その上で、もう一度、五年前のことを謝罪し、この世界でも和解したかった。

叶うなら、そうやって、今度こそ本当の友達になりたい。

抱く願いは、とてもシンプルなものだったけれど……。

放課後、直面することになった現実は、想像もしていないものだった。

3

真面目に授業に耳を傾けるのは、いつ以来だろう。

芹愛《せりあ》の継母《ままはは》である二年八組の担任、織原亜樹那《おりはらあきな》もまた、この世界に戻ってきていた。

母、一騎《かずき》、亜樹那さん、消失した十八人の内、既に三人を確認出来ている。

やはり、この世界は、雛美《ひなみ》が存在しなかったはずの形に収束しているのだ。

事情を知らない一騎の存在により、俺の行動には必然の制限がかかる。

二年五組や時計部の様子を確認したかったが、一騎がいる状態では見に行くことが出来なかった。


放課後、一眼レフカメラを片手に、グラウンドへと出る。

被写体を探している体《てい》で歩きながら、遠目に陸上部を観察していると……。

「芹愛、何だか楽しそうだな」

ファインダーから顔を上げて、一騎が呟いた。

芹愛の隣で笑う背の高い女子は、彼女を慕《した》っていたという後輩だろうか。

入学以来、放課後の陸上部を幾度となく眺めてきたけれど、こんな光景は今まで一度も見たことがなかった。

芹愛のタイムリープに巻き込まれた人間は九人。

亜樹那さん以外は顔も名前も知らないが、今、芹愛の周囲で笑う彼女たちがそうなのだろうということは容易に想像がつく。

本当に、高校に入学してからの芹愛は、孤独な生徒ではなかったのだ。

世界から消えた人々を取り戻すために、一人の少女が自らの存在を犠牲にした。

どれだけ懇切丁寧に説明したところで、俺が経験した日々を、一騎が理解出来るとは考えにくい。信じてもらえるとも思えない。

駅で解散してから、俺は一人、学校へと舞い戻った。

正門の前で待つこと三十分。

午後七時を回ったタイミングで、部活帰りの芹愛が現れる。

予想通り、芹愛は一人ではなかった。背の低い少女と、学年の平均体重を一人で増加させかねない少女、そして、やたらと身ぶりの大きな中背の少女に囲まれている。

背の低い少女はグラウンドにもいた気がするが、残りの二人は初めて見る顔だった。少なくとも横に大きい少女は、運動が出来るようには見えない。陸上部だとしても、砲丸投げくらいしか出来ないだろう。

とっくに日は落ちていたが、街灯の下でも四人の会話が弾んでいるのが分かった。

俺が向こうの顔を知らないように、芹愛以外の三人も俺のことを知らない。

正門に寄りかかる男子になど見向きもせずに、彼女たちは横を通り過ぎていく。芹愛もまた、無表情にこちらを一瞥《いちべつ》しただけだった。

親友や家族が戻ってきたというのに、まだ、俺のことを警戒しているのだろうか。

「芹愛！」

その背中を呼び止めると、三人の友人たちも振り返った。

「誰？　知り合い？」

中背の少女が尋ねたが、芹愛は口を開かない。

「私の芹愛に何か用？　そもそも君は誰？」

「……二年八組の杵《き》城《じょう》綜《そう》士《し》。そいつの幼馴染み」

「幼馴染み？　芹愛にそんな子がいるなんて話、聞いたことないけど」

「自宅が道路を挟んで向かい合わせなんだ」

「へー。それは確かに幼馴染みかもね。じゃあ、糸電話ってやったことある？　二人だけのシークレットミッション的な感じでさ。情緒があるよね。糸電話」

何で無関係なのに、この女が食いついてきているのだろう。

芹愛は不審の眼差しを浮かべたままだ。俺が現れた理由が想像出来ないのだろうか。

「その人たちなんだろ。消えていたお前の親友って」

核心を尋ねたのに、芹愛は表情すら変えない。

「何、何？　消えていた親友って。面白そうな話をしてるじゃん」

何故か中背の少女がテンションを上げていたが、相手をする余裕などなかった。

「突然、元の世界に戻ったわけじゃない。全部、理由があるんだ。お前にはそれを知る権利があるし、知らなきゃいけないと思う。だから……」

「さっきから何を言っているの？」

低い声で、ほかならぬ芹愛に遮られる。

「何って……。皆が帰ってきた理由を、お前だって知りたいだろ？　それを……」

「だから何を言っているの？　気味が悪い話をしないで」

「気味が悪いって……。少し考えれば分かるだろ？　お前の後に俺がタイムリープしたんだ。それで……」

「京香《きょうか》、行こう。これ以上、関わりたくない」

「おい、待てよ！　ちゃんと話を！」

「はいはい、そこまで」

京香と呼ばれた少女が、俺の前に立ちふさがる。

「タイムリープがどうだとか、元の世界がどうだとか、そういうふざけた話、私は好きだけどさ。芹愛が嫌がってるじゃん。これ以上つきまとうと私も怒るよ」

中背の少女を無視して、芹愛に問う。

「お前、本当に俺が何を言っているか分からないのか？　友達に話を聞かれたくないなら場所を……」

明確な拒絶の眼差しで睨まれ、言葉に詰まってしまう。

親友たちが世界に戻ってきたとはいえ、芹愛は今も俺に対して不信感を抱いているかもしれない。そんな可能性も頭にはあった。だが、ここまで取りつく島のない反応は想像していなかった。

小さくなっていく後ろ姿を見つめながら、心が芯《しん》から冷えていくのを感じる。

世界が元に戻ると同時に、あいつはすべてを忘れてしまったんだろうか？

……いや、そんなことあるはずがない。同じタイムリーパーである俺は、すべてを覚えている。きっと、自分の身に起きていた現象を、親友たちに知られたくなかっただけだ。そうとしか考えられない。そう、思ったのに……。

午後九時過ぎ。

記憶していた芹愛の携帯番号に電話をかけ、認めざるを得なくなる。

芹愛は本当にすべてを忘れていたのだ。俺の話は何一つとして通じなかったし、意味の分からない話を繰り返す俺に対し、芹愛ははっきりと嫌悪感を示していた。

『気味が悪いから、もう二度とかけてこないで』

突き離すような口調で吐き捨てられ、冗談みたいに膝《ひざ》の力が抜けていく。

雛美が消えることで、五年前に始まった世界の歪みは正されるかもしれない。根幹の事象がキャンセルされることで、何もかもが本来あるべき姿へと巻き戻るかもしれない。

千歳《ちとせ》先輩の仮説は正鵠《せいこく》を射ていたけれど、この結末は俺にとって完全に想定外のものだった。

世界が元に戻っても、タイムリーパーである俺と芹愛は、記憶を保持したままなのだと思っていた。そう疑いもせずに信じていた。

しかし、本当に何もかもが、あるべき最初の姿へと形を変えてしまったのだろう。

最後にタイムリープをした俺だけが、唯一の例外だったのだ。


芹愛の反応に傷ついたのは、何もこれが初めてじゃない。

過去の周回でも似たような経験はしている。

だが、今回ばかりは、本当に気持ちをどう消化すれば良いか分からなかった。


『綜士が私を嫌っていて、悪者にしたいなら、それでも良いって思った。綜士はお姉ちゃんを守ってくれた人だから、恩返しをしようって。それで全部、終わりにしようって』

十六周目の世界で、芹愛はそう言っていた。

きっと、五年前のあの日を境に、芹愛は自分の人生から俺を消したのだろう。

それなのに、タイムリープを繰り返す内に、安奈《あんな》さんと因果関係で結ばれていた俺のことを無視出来なくなっていった。嫌でも考えざるを得なくなってしまった。芹愛がタイムリープしていたからこそ、俺は彼女に見限られないでいたのだ。

日付も変わろうかという頃に、一騎に電話をかけてみることにした。

悩みを打ち明けられる誰かがいるというだけで、心の荷は軽くなる。眠れない夜に、話し相手になってくれる友達がいる。それは、本当に幸せなことだった。

「少し前にさ、ある人に言われたんだ。お前は芹愛に対する罪悪感を、恋心と勘違いしているだけなんじゃないかって。それ以来、ずっと、その言葉が忘れられない。なあ、お前の目にはどう映っていたのかな。俺が芹愛に執着していることを、どう思ってた？」

それまで饒舌《じょうぜつ》に喋っていたのに、本題を切り出すと一騎は黙り込んでしまった。

それから、しばしの沈黙を経て、

『……まさか、お前にそんなことを質問される日がくるとはな。芹愛とのことは何も話したくないんだと思ってたよ』

放課後、陸上部を被写体に、数え切れないくらいシャッターを切ってきた。しかし、一騎から芹愛について具体的な何かを聞かれたことは一度もない。俺の気持ちを慮《おもんぱか》ってなのか、いつだって一騎は核心だけは話題から避けていた。

『思っていることを正直に言った方が良いか？』

「ああ。聞かせて欲しい」

『俺は綜士と芹愛の過去を知らない。ただ、お前が芹愛に対して、極端な後ろめたさを感じていることには気付いてた。同時に、疑問に感じていることもあった』

「疑問？」

『お前、芹愛に振り向いて欲しいって思ってないだろ。お前にはさ、見返りを望む心が欠けているんだ。自分のことはどうでも良くて、芹愛の幸せしか願っていない。こんなことを言われたら面白くないかもしれないけど、まるでテレビ画面の向こうに恋をしているみたいだって、そう思ってた。だからかな。罪悪感を恋心と勘違いしているって話も、それなりに腑に落ちる』


一騎との通話を終えた後で。

仰向けにベッドに寝転び、触れられない感情を探っていた。

正門前で、電話で、芹愛に拒絶された時は、確かにショックだった。

まだ、かさぶたにもなれていない生傷が、胸の中心で疼《うず》いている。

けれど、不思議と心は凪《な》いでいた。

何もかもが嘘だったかのように、芹愛はすべてを忘れてしまった。

一度ならず分かり合えたのに。

過去の過ちを謝罪し、罪を犯す前の関係性に戻ることだって出来たのに。

タイムリーパーとしての記憶が失われてしまった以上、今後、芹愛が雛美に感謝することも、俺たちが再び分かり合うこともないだろう。ただの幼馴染みに戻ることさえ、不可能になってしまったのだ。

反芻するまでもなく、俺にとっては痛みの残る結末である。それでも、芹愛にとっては、これこそが最上のエンディングであると、はっきり理解出来ていた。

繰り返した悪夢を忘れてしまえたのなら、芹愛にとってはそれが一番良い。

タイムリープを繰り返したことで、彼女の精神は二十代半《なか》ばになっていた。けれど、これまでの記憶が失われたのなら、精神と肉体の年齢も合致する。何度も姉の死を目撃したことも、俺をこの世界から消そうと考えてしまったことも、何もかもを忘れて、芹愛には幸せになって欲しい。

芹愛と安奈さんを救うという、唯一にして最大の願いが叶ったのだ。

俺一人が傷つくくらい、てんで構わない。

その程度の代償は、笑顔で甘受出来る男でありたい。今はただ、そう思っていた。

4

二年五組に、鈴鹿雛美《すずかひなみ》という生徒は存在していなかった。

本当は何もかもが夢だったのかもしれない。

千歳《ちとせ》先輩と出会ったことも、芹愛《せりあ》に赦してもらえたことも、一騎《かずき》や母親が消えたことも、すべては長い悪夢に過ぎなかったのかもしれない。

そんな思考に達するまで、一週間もかからなかったように思う。

一騎と過ごす日常があまりにも普通過ぎて、自分を誤魔化さないと頭がおかしくなりそうだった。


俺は最後のタイムリープを経験する前から、元通りになった世界で、千歳先輩に会いに行くべきかを迷っていた。存在だけを確認し、それで終わりにすることも考えていた。

繰り返し続けた悪夢は、既に完璧に終わっている。もう二度と、どんな一日も絶対に繰り返すことはない。それでも、すべての真実を知ったなら、先輩は確実に自分を責めることになるだろう。

消失した人々は全員戻ってきている可能性が高い。恐らく、この新しい世界で救われなかった人間は、たった一人、雛美だけだ。そして、雛美を犠牲にすることを進言した人間こそが、千歳先輩である。


先輩がいなければ、消えてしまった人たちを取り戻すことは出来なかった。

俺も、芹愛も、雛美でさえも、感謝こそすれ、先輩を責めることなど有り得ない。

しかし、真実を知れば、ほかならぬ千歳先輩が自分自身を赦さない。

命を天秤にかけ、雛美を犠牲にした自らに激怒するはずだ。先輩がそういう人であることを、俺は痛いほどによく知っている。


この周回は五年前に時震が発生しなかった世界だ。

当然、八津代町の時計が同心円状に狂うなどという現象も起きていない。もはや白鷹《しろたか》高校は特異な場所ではなく、千歳先輩が追っていた時空の謎は、存在自体が消滅している。

先輩は今もこの学校に在籍しているだろう。

だが、俺が会いに行ったところで、もう何の意味もない。

どのみち何一つ確かめようがないし、時震の存在も証明出来ない。その上、仮に信じてもらえたとしても、先輩に残るのは雛美を犠牲にしたという苦悩だけだ。

それだけのことが分かっていて、足が動くはずもない。

俺は今日まで、時計部のある南棟に出向いてすらいなかった。

時の流れに削られ、覚悟も、恐怖も、凡庸で曖昧な何かに変わっていく。

心が穿《うが》たれた記憶でさえ、加速度をつけて色褪《いろあ》せていく。

千歳先輩のことも、鈴鹿家のことも確認出来ないまま、気付けば、世界が復元されてから三週間が経っていた。

タイムリープを経験する前と後で、変わったことは一つだけ。

母親との関係性が改善したことくらいだろう。

朝と夜の食事を一緒にとるようになったし、家事を手伝うことまでは出来ていないけれど、自分のことはなるべく自分でするようになった。

何より、母が帰ってきた日から、一度も衝突していない。

息子の突然の変化を母は気味悪がっていたが、何処か嬉しそうでもあった。


本当に、これで良いのかもしれない。

このまま、何事もなかったかのような顔で、雛美のことも、千歳先輩のことも忘れて、生きていけば良いのかもしれない。

十月三日、織原泰輔《おりはらたいすけ》が亡くなってから三日が経ったその日。

買い物に出掛けていた安奈《あんな》さんと、偶然、帰り道が一緒になった。

目の下に色濃い隈《くま》が出来ているのは、葬儀の後もよく眠れていないからだろうか。

大切な人を永遠に失うということが、どういうことなのか。今ならば俺にも分かる。

哀しみは深く、痛ましい。

きっと、ほかの何かでは代替出来ないものをこそ『愛』と呼ぶのだろう。


自宅までの道中には、一つ、大きな橋がある。

並んで歩く帰り道、不意に、橋の上で安奈さんが立ち止まった。つられるように歩みを止め、川を見下ろすと、今朝まで続いた雨の名残《なごり》が激しい濁流となっていた。

手すりにつかまりながら、安奈さんは水かさの増した川を眺める。それから、

「人間って、どうしていなくなっちゃうんだろう」

そんな言葉を独り言のように呟いた。

「……安奈さんは死にたいって思ったこと、ありますか？」

胸の中にあった疑問を口にすると、

「あるよ。死にたいって思ったこともあるし、実際に死のうと思ったこともある」

少なからず意外な答えが返ってきた。

三つ年上の安奈さんの世界を、俺はよく知らない。子どもの頃、いじめられていたと芹愛が言っていたけれど、そして、それを俺が助けたこともあるらしいけれど、正直、ほとんど覚えていない。俺の知っている安奈さんは、幸福の象徴などと言えば大袈裟だが、そういう、穏やかな何かを具現化したような人だった。

「安奈さんでも死にたいなんて思ったりするんですね」

「うん。……私ね、一年前の九月に高校を卒業したの」

「え。じゃあ、通信高校って九月に卒業式があるんですか？」

「綜士《そうし》君。私の高校、知っていたんだね。通信制の高校は四月と十月に入学式があって、三月と九月に卒業出来るの。私は三年半通って九月に卒業したんだ」

「そうだったんですね」

「私は色んなことが人並みに出来ない。電車に乗るのが好きだから、少し遠くの高校に通ってみたかったのに、全日制の高校には進学出来なかった。通信高校を三年で卒業しなかったのも、卒業後のことが不安だったからなの。外の社会が怖くて、足がすくんじゃうんだよね。お父さんも亜樹那《あきな》さんも毎日、遅くまで働いていたから、私が家事をやったら良いんじゃないかって思って、二人を説得して、今はこういう生活を送っているけど、最初に相談した時は、お父さんも失望していた。だから……」

彼女は遠く、薄暗い曇り空を見つめる。

「どうしても考えちゃうの。いっそのこと、私が死んでしまえば、皆も負担が減って楽になるんじゃないかって」

「そんなこと絶対にないです」

自分でも驚くほどに強い語気で否定していた。

「芹愛がどれだけ安奈さんを大切に思っているか……」

「うん。分かるよ。分かってる。ちゃんと分かってるのにね。人の心って弱いんだ」

振り返った安奈さんの瞳に、うっすらと涙が浮かんでいた。

「一年前の夏に、この橋の上で会ったことを覚えてる？」

「一年前……ですか？」

「八月八日。八津代祭の夕方」

「ああ……。そう言えば、確か……」

「あの頃、私は高校を卒業して、自分が何ものでもなくなってしまうことが、たまらなく怖かった。お祭りの会場に向かう人たちとすれ違う度に、気持ちが落ちていって。このまま消えてしまいたいなんて考えながら、ここで一時間以上も川面《かわも》を見つめていたの。真夏の暑さにやられて、だんだん意識が朦朧《もうろう》としてきて、本当に、このまま身を投げてしまおうかなって思ったその時だった。私の名前を呼ぶ、綜士君の声がした」

思い出す。あの日、俺は北河口《きたかわぐち》駅で一騎と待ち合わせをしていた。

あいつが電車に乗り遅れたとかで、涼むために、混雑を見せるコンビニに入り……。

「背中から珈琲《コーヒー》を浴びた日だ」

真っ白なシャツを着ていたのに、混雑した店内で転んだ社会人が、購入したばかりのアイス珈琲を俺のシャツにぶちまけたのだ。平謝りしてきた社会人に、シャツの値段よりも高いクリーニング代をもらうことになったが、問題は、珈琲を浴びたシャツでは、祭りになんて出掛けられないことだった。

メールで一騎に事情を説明し、自宅へと引き返す道中……。

「ここで安奈さんと会ったんでしたね。それで、染み抜《しぬ》きをしてもらった」

汚れたシャツを見られ、苦笑いするしかなかった俺に、安奈さんが言ったのだ。

『時間が経つと漂白処理が必要になるから、すぐに洗剤を使って染み抜きをした方が良いよ。確か、お母さん出張中だったよね。私がやってあげようか？』

もしかしたら芹愛に会えるかもしれない。その時、そんな下心がなかったと言えば嘘になる。ただ、いずれにせよ、安奈さんの言葉に甘える以外の選択肢はなかった。

結局、芹愛とは会えなかったものの、安奈さんの手によって染みを落とされ、ドライヤーで乾かされたシャツは、一騎がうちに到着する頃には真っさらな状態になっていた。

「あの時、助けてもらったのは、本当は私の方だったんだと思う。こんなに弱い人間が生きていて良いんだろうか。私なんていなくなった方が皆のためなんじゃないだろうか。そんなことばかり考えていたのに、綜士君は凄く喜んでくれた」

「だって、俺、本当に感謝していましたから。一人だったら、あのシャツも駄目にしてしまっていたと思います。安奈さんのお陰なんです」

「うん。そうだね。そうなんだと思う。些細なことかもしれないけど、私にも出来ることはあって。それを喜んでくれる人もいて。だから、私も生きていて良いんだって。あの日、きちんと思えたの。綜士君の言葉に救われた」

いつかの雛美の言葉が蘇《よみがえ》る。

『安奈さんの寿命が延びたことで、時間がイレギュラーに増えちゃったんだよ。でも、この世界が抱えられる時間には許容量があって、十月十日に限界を迎えちゃうの。それで、世界は時間の歪みを正すために、元凶の安奈さんを死に向かわせてしまう』

あの日、雛美は勘だと言っていたけれど、きっと、一連の推理は正しかったのだろう。

本来、安奈さんは一年前の八月八日に死んでいた。だが、雛美がこの世界に現れたことで、俺の行動に変化が生じ、結果的に安奈さんの死が回避されることになったのだ。

しかし、だとすれば、雛美の存在が否定されたのに、今も安奈さんが生きているのは何故だろう。一連の推論が正しいなら、この周回が始まった段階で、安奈さんは死んでいるはずだ。運命が変わった理由は分からない。ただ、安奈さんが生存している以上、これから迎える十月十日の夜に、再び、世界が飽和した時間を正そうとするかもしれない。

『織原安奈の運命については断定出来ない』

そうだ。千歳先輩も手紙に、はっきりと書いていた。

安奈さんが死ぬ運命だけは、雛美の死で覆せる事象ではないかもしれないのだ。

畢竟《ひっきょう》、現実に目を背けることなど許されていなかったということなのだろう。

この冗談よりも性質《たち》の悪い話を芹愛に納得させ、安奈さんを助けなければならない。そうしなければ、犠牲となった雛美に顔向け出来ない。

運命の夜まで、あと一週間。

もう一度、覚悟を決める必要がありそうだった。

5

どれだけ強く、誠実に望もうと、こちらの意志だけで、他人の意志を覆すことは出来ない。いつだって心は、その人だけのものだからだ。

だが、どんな理屈も、失望も、もう関係なかった。

芹愛《せりあ》と安奈《あんな》さんを救うために、出来ることはすべてやってやる。

雛美《ひなみ》の犠牲は絶対に無駄にしない。あいつの願いを叶えなければならない。


タイムリープの記憶を失った芹愛は、俺の話に耳を傾けようとしなかった。

現在の芹愛にとって、杵城綜士《きじょうそうし》はかつて自分を泥棒に仕立てあげようとした卑怯《ひきょう》者である。軽蔑対象である隣人に、「精神が過去に戻る」だとか「親友が消えていた」などと言われても、まともに取り合えるはずがない。

しつこく説明を繰り返せば繰り返しただけ、彼女から向けられる視線に、呆れや嫌悪の色が増していくことになった。

それでも、必死の努力は無駄ではなかったはずだ。

十月十日の午後十時過ぎに、安奈さんが死ぬこと。

それを回避するための手段は、八津代町から出ることであること。

最重要となる伝達事項を、俺は芹愛に対して十回以上繰り返した。

どれだけ拒絶されても、口を閉ざすわけにはいかなかった。

東日本陸上選手権の応援に安奈さんを呼び、前泊するホテルとは別の場所に宿泊して欲しい。午後十時台の一時間だけで良いから、常に安奈さんを見守って欲しい。

恥も外聞もかなぐり捨てて、俺は何度も何度も芹愛に懇願した。

祈るような気持ちで迎えた十月十日の朝。

母に持っていくよう頼まれた、叔母からのイタリア土産を自室に残し、手ぶらで織原《おりはら》家を訪ねてみた。だが、何度チャイムを押しても誰も出てこない。

芹愛が俺の頼みを聞き届け、陸上選手権の応援に安奈さんを呼んだのだろう。

俺の話を信じてくれたとは思えない。とはいえ、必死の懇願は上辺だけでも届いたのだ。芹愛は俺の忠告に、渋々《しぶしぶ》かもしれないが耳を傾けてくれた。

運命のその時まで、あと十三時間。

正直に言えば、俺だって二人の傍にいたかった。しかし、それが許されるとは思えないし、安奈さんの命を救いたいなら、自分が関わるべきでないことも分かっている。

今日の俺に出来ることは、ただ、安奈さんの無事を祈ることだけだった。

白稜祭《はくりょうさい》の初日は、一騎《かずき》が存在していた十二周目の世界とも異なる形で進行していった。

雛美が消えたからだろう。外部カメラマンの身にトラブルが生じることはなく、写真撮影を実行委員に依頼されることもなかった。

手持ち無沙汰《てもぶさた》のまま、クラスの出し物を手伝い、気だるい一日を過ごしていく。

このまま、俺は夜を迎えることになるのだろうか。

本当に、これで良いのだろうか。

迫りくる運命の時を思い、心臓の鼓動が速まり始めた頃、不意に、心を大きく揺らされる事態と直面することになった。

校内のムードが夜行祭へと移り変わろうとしていた、午後六時。

一騎と共に写真部の部室へ移動していたタイミングで、予期せぬ人影とすれ違う。それは、一度会っただけだが、見間違えることなど有り得ない女だった。

火宮雅《ひのみやみやび》がブロンドの髪をなびかせて、校内を闊歩《かっぽ》していたのだ。

白稜祭にはOBやOGが訪れることも珍しくない。彼女が白稜祭を訪れていてもおかしくはないわけだが、こういった世俗的なイベントに興味を示すようなタイプの人間には見えなかった。

校内ですれ違った彼女が向かった先は恐らく……。


どうしても確かめたいことがあるから、今日はここで解散したい。

不思議そうな顔を見せる一騎に早口で告げ、火宮雅の後を追う。

彼女が向かったのは、案の定、南棟だった。

南棟に入った彼女は、そのまま階段を上がり始める。

やはり白稜祭の様子を窺いにきたわけでも、夜行祭に参加するために現れたわけでもなかった。彼女が向かっているのは、時計部の部室だ。


距離を取りながら、足音を立てずに階段を上っていく。

俺が三階に辿り着くのと、彼女が時計部の部室に入っていくのが同時だった。

妙に息苦しいのは、階段を上がったせいじゃないだろう。

芹愛がすべてを忘れてしまったと知った時、俺は、自らが経験した悪夢を、誰にも理解してもらえないことを悟った。そして、同時に、何を確かめても、何を確かめなくても、現実が変わらないことに気付いてしまった。

万が一にも、千歳《ちとせ》先輩や鈴鹿《すずか》家の人間が復元していなければ、雛美の犠牲はその意味を大きく失ってしまう。無駄な失望を味わうくらいなら、確認しない方が良いのかもしれない。心の囁きに負け、俺は今日まで、千歳先輩のことも、雛美の家族のことも、確認していなかった。しかし、火宮雅を見つけた時、考えるより早く彼女を追っていた。

肉体が、細胞が、そう反応していた。

結局のところ、逃げ続けることなど出来ないし、心の奥底ではそんなことを望んでもいなかったということなのだろう。

「あなたはこんな不毛な日々をいつまで続けるつもりなのですか？」

彼女が扉を閉めなかったらしく、部室内の会話は廊下まで響いていた。

扉の脇《わき》に立ち、背中を壁につけて二人の会話に耳を澄ます。

「もう四年でしょう？　塵埃《じんあい》にまみれた児戯の場に、これ以上、何を求めると言うのです。思想なき停滞は死に等しい。あなたが何にこだわっているのか理解出来ません」

口調とは裏腹な棘を潜ませた彼女の声を受け……。

「一言一句、真実を述べるが、その疑問に対する答えは僕にも分からないんだ」

懐かしい声が鼓膜に届く。

部室の中にいたのは千歳先輩だった。先輩も戻ってきていたのだ！

「私をからかっているのですか？」

「僕が冗談を言わない人間であると、君は知っているはずだ」

「二度の留年は千歳自身の意志でしょう？　戯言《たわごと》にしても笑えません」

「僕がこの場所にこだわっていることにも、その理由を忘れてしまっていることにも、何か重大な意味があるはずなんだ。何故なら、進んでモラトリアムに身をやつすほど、僕は人生に怖気《おじけ》づいていないからな」

「では、まさかもう一度、留年するつもりですか？」

「真実に辿り着けなければ、あるいは」

大抵の高校では一学年につき一度、つまり、六年まで在籍出来ると聞いたことがある。以前、教務室で千歳先輩は「三回目の留年はやめてくれ」と教師に懇願されていた。その時の会話から察するに、白鷹高校では手続き上、もう一度留年が可能なのだろう。

先輩が留年してまで白鷹高校に残っていた理由も、今ならば推測出来る。

草薙《くさなぎ》千歳《ちとせ》と火宮雅は、六年前に発生した親友の自殺を覆すために、タイムマシンを作ろうとしていた。千歳先輩は時震の謎を解明することで、時空遡行のマテリアルとなり得る何かを見つけようとしていたのだ。

しかし、雛美の犠牲と引き換えに世界が形を変え、奇妙な捻《ね》じれが生まれてしまった。

五年前の時震が否定されても、千歳先輩が二回留年したという事実は変わらない。

今のままでは、先輩は永久に真実に辿り着けない。

「これ以上の話し合いは、互いにとって時間の無駄ですね」

「そうだな。僕も、君も、妥協というものを知らない人種だ」

「妥協？　断念の間違いでしょう？」

「言葉など何でも良いさ。雅、すまないね。本当に、僕らは君を哀しませてばかりだ」

「……帰ります。ここに来れば、千歳の気持ちが少しは理解出来るかと思いましたが、期待外れでした」

足音で彼女が反転したのが分かった。まずい。このままでは鉢合わせしてしまう。咄嗟に身を隠せる場所を探したが、適当な場所を見つけるより早く……。

「最後に一つだけ。ここへ向かう道中で尾行されました」

「尾行？　それが扉を閉めなかった理由か？」

「ご想像にお任せします」

後をつけられていると、いつから彼女は気付いていたのだろう。

部室から現れた火宮雅の冷めた視線が突き刺さる。

値踏みでもするように彼女は数秒間、俺を見つめ、

「何だ。つまらない。千歳の客人か」

抑揚《よくよう》なく呟き、振り返りもせずに立ち去っていった。


本当は、何もかもが元通りになったわけではなかった。

鈴鹿雛美という少女がこの世界に存在していたこと、その痕跡《こんせき》が、留年という形で千歳先輩の人生にだけ残っていたのは、何かの皮肉だろうか。

すべての真実を知れば、きっと、先輩は自らを責めるだろう。だが、ここで俺が何も告げなければ、先輩はもう一度、意味のない留年を繰り返すことになる。大恩ある先輩がこれ以上の無駄な時間を過ごすなんて、絶対にあってはいけない。

一度、大きく深呼吸をしてから、部室に足を踏み入れる。

「初めまして。二年八組の杵城綜士と言います」

自己紹介を終えても、容赦なき不審の眼差しは変わらなかった。こんな先輩の顔は、以前にも一度見たことがある。二度目のタイムリープの後で先輩に会いに行った時も、同様の警戒心を向けられていたからだ。

震源地と推測される時計塔の傍に位置しているからだろうか。記憶に違わず、壁には四十七の時計が掛けられていた。

「千歳先輩。俺は先輩が二回留年した理由を説明出来ます」

それを告げると、一瞬で先輩の眼差しが変わった。

「この壁に四十七の時計が掛けられている理由も、チェーンドライブの振り子時計だけが正確な時刻を示している理由も、俺は知っています」

先輩の双眸《そうぼう》に、横溢《おういつ》する好奇心が浮かび上がる。

「実に興味深い話だ。ソファーにかけたまえ」

普通の人間であれば不信感を抱くような場面でも、先輩の反応は違う。

「杵城綜士と言ったな。僕は君のような存在を待っていた」

泣きたくなるほどに懐かしい口調が、鼓膜《こまく》に届く。

ああ。そうだ。

これが千歳先輩だ。

草薙千歳が、この世界に帰ってきたのだ。

6

十月十日、その夜を時計部の部室で過ごすという事実に、運命めいた何かを感じてしまうのは、感傷的になり過ぎているせいだろうか。

安奈《あんな》さんの安否を心配し続けて夜明けを迎えたものの、結局、最後まで答えを知ることは出来なかった。

着信履歴を見れば、芹愛《せりあ》は俺の携帯電話の番号が分かるはずだ。しかし、芹愛から電話がかかってくることはなかったし、こちらから何度かけても繋がることはなかった。

便りがないのは良い知らせ。そう思いたいけれど、真相は分からない。

二人の無事を願いながら、夜通し、千歳《ちとせ》先輩と語り合っていた。

五年前にこの場所で発生した時震。

それを震源地で経験した三人の身に発生するようになったタイムリープ。

そして、先輩が解き明かした真実と、残酷な結末。

一連の出来事を、胸の痛みを誤魔化しながら打ち明けていく。

根幹の事象である五年前の時震が否定されたからだろうか。

時計塔の付近で発生していた一連の復元は、その現象を再現していなかった。俺と雛美が書き残したノートも、千歳先輩が偽装した手紙も、この世界には復元していない。

それでも、先輩は変わらず先輩のままだった。知性を拠り所に、この不可思議な話を理解しようとしてくれた。

一人の少女を犠牲にして、世界を救ったこと。

それを知った千歳先輩は、案の定、自らが導き出した選択に怒りを見せた。たった一つの解決策だったことを悟った後も、理性を凌駕《りょうが》する感情にやられ、苦悶《くもん》する。

先輩に罪などない。雛美自身が納得して選んだ結末だった。

頭では分かっていても、消化し切れる話じゃない。義憤に駆られて心は悲鳴をあげる。それでも、現実に納得出来なくても、俺たちはこの世界を受け入れるしかなかった。

鳥が囀《さえず》り始め、太陽が昇っても、眠気に襲われるどころか、頭は冴える一方だった。

安奈さんの安否を知ることが出来ないまま、十月十一日の朝を迎える。

「新幹線を使って織原芹愛《おりはらせりあ》が帰ってくるのは、最短でも午前八時台か。電話が繫がらない以上、白新《はくしん》駅で織原姉妹を待つのがベターかもしれないな」

「はい。そうしたいです」

「その後、鈴鹿《すずか》家の様子も確認するべきだろう。僕らには彼らがどうなったのか見届ける義務がある。どうして君は、今日まで鈴鹿家を確認しに行かなかったんだ？」

「……怖かったんだと思います」

情けない話だったが、今更、取り繕《つくろ》っても仕方ない。

「雛美《ひなみ》が消えたことを確信するのが怖かった。この目で確かめてしまったら、本当にすべてが終わる気がしたんです。馬鹿みたいですよね」

「誰にだって動けない時はある。卑下するようなことじゃない」

「でも、もしも先輩が俺の立場だったなら、絶対に立ち止まったりはしなかった」

「どうかな。僕はさしたる確信もないまま、もう一度、留年しようとしていた男だぞ」

「先輩は慎重で思慮深いだけです」

「それなら君だって同じじゃないか。精神が不安定な状態で、最悪の現実を知ってしまったら、正しい思考が働かないかもしれない。絶望がタイムリープのトリガーだったんだろう？　しかるべき時を待つのは悪手じゃない。君は準備が出来る時を待っていただけだ」

どうして、先輩はこんな俺を擁護《ようご》してくれるんだろう。

この十九周目の世界でも、やはり俺は先輩の言葉に救われるばかりだった。


『悪い。今日は学校を休むことになると思う』

学校を出るタイミングで一騎《かずき》にメールを送り、千歳先輩と共に白新駅へと向かった。

隣県から織原家に帰宅する場合、在来線に乗った後、白新駅で乗り換える必要がある。

ここで待っていれば会えるはずだ。

二番線のホームでベンチに腰掛け、白稜祭に向かう生徒たちの後ろ姿を眺める。

初めてこのベンチに座った日のことを、今でも昨日のように思い出せる。

一騎が消えてしまった世界に足がすくみ、登校出来なくなった俺に、この場所で雛美が声をかけてくれたのだ。

最初は三人だった。

俺と、千歳先輩と、雛美の三人で、運命に抗おうとしていた。

……だからだろうか。

先輩と並んでいると、どうしても欠けてしまった彼女のことを思ってしまう。

いつもより眺めの良い右側に、消えてしまった彼女の残像が浮かび上がる。


「雛美が消えてしまったあの夜から、ずっと、胸のもやが消えないんです」

気付けば、弱音みたいな本音が零れ落ちていた。

「あいつは皆のために犠牲になってくれたのに。俺は、結局、雛美のために何もしてやれませんでした。それが、今でも凄く悔しい」

先輩の聡明《そうめい》な瞳が、真っ直ぐに俺を捉えていた。

「本当は、もっと、やれることがあった気がするんです。だって、あいつは俺のことを好きだったのかもしれないんだから。それなのに、俺は感謝を伝えること以外、何も出来ませんでした。何もしてやれなかった」

「違うよ。それは君の誤解だ」

一秒と間を置かずに、先輩は否定の言葉を口にした。

「誤解じゃないですよ」

「いや、誤解だ。僕は彼女のことを覚えていないが、それだけは断言出来る。何故なら、この世界から消えるのは、タイムリーパーがその時、最も大切にしている人間だからだ。分かるか？　雛美が消えたのは、彼女が君の大切な人になれたからなんだ」

そんなこと、今日まで一度も考えたことがなかった。

思い当たりもしていなかったのに……。

「雛美は君のことが好きだったんだろう？　だとすれば、彼女にとって世界から消えてしまうことは、悲劇ではあっても、絶望とはなり得ない。希望ではなくとも、救いではあったはずだ。僕はそう確信している」

先輩の凜々《りり》しくも優しい言葉が、胸の砂地に染み込んでいく。

最期の瞬間に、雛美が何を思ったかは分からない。

ただ、そこに微かでも救いがあったのだとしたら、こんなに嬉しいことはない。

これでもう何度目だろう。

こんな風にして、俺は何度も先輩の言葉に救われてきた。

返し切れないほどの恩が先輩にはある。

いつか、俺はこの溢れんばかりの感謝を、先輩に返すことが出来るだろうか。

7

一晩中、語り明かしたのに、ここに至ってもなお、話は尽きなかった。

死刑判決を待つ囚人のような心持ちで、何時間、ベンチに座り、喋り続けただろう。

午後一時を回った頃、周囲の様子に違和感を覚えた。

「さっきからカメラを持っている人が妙に多くないですか?」

「ああ。白新駅には日曜日だけSLが止まるからな」

「SLですか。そんなの今でも走っているんですね」

その時、俺の言葉に呼応するように、遠くで汽笛が聞こえた。

「ちょうど、これから出発するようだな。ファンの多い型式だ。時間を調べて鉄道マニアが集まっていたんだろう」

乗り物酔いをする体質なせいで、小さな頃から、車にも電車にも興味を持ってこなかった。とはいえ、蒸気機関車の実物ならこの目で見てみたい気もする。汽笛が聞こえた方角に顔を向けると……。

二番線のホームへと続く階段に、一人の少女が姿を現した。

一歩、また一歩と階段を下りてきたのは、

「芹愛《せりあ》です」

千歳《ちとせ》先輩が視線を向けるのとほとんど同じタイミングで、芹愛もこちらに気付く。

俺を視界に捉えた芹愛は、一瞬で険《けわ》しい表情を見せた。

思わず立ち上がった俺の隣で、千歳先輩が視界を邪魔する長い髪をかき上げる。

階段を下りてくる芹愛は一人きりだった。

隣に、安奈《あんな》さんの姿はない。

芹愛がホームに下り立ってもなお、後ろから続く人影はなかった。

ゆっくりと全身の力が抜けていく。

何もかもが本来あるべき姿へと戻ったのに、安奈さんは……。


『私がこの世界に飛ばされたせいで、織原安奈《おりはらあんな》の寿命が延びたんじゃないかな』


いつかの雛美《ひなみ》の声がリフレインする。

あの日のあいつの推測が正しかったのだろうか。

雛美のいない世界では、安奈さんはとっくに死んでいるはずで、だから、やっぱり十月十日の夜を越えられず……。

ベンチの前で立ちつくす俺と千歳先輩の下に、彼女が歩いてくる。

睨むような眼差しで俺たちの前に立った芹愛は、

「本当だったのね」

強張った声で、そう告げた。

「お姉ちゃんが事故に遭うって、どうして知っていたの？」

何と答えれば良いか分からなかった。

どんな言葉を並べたところで、芹愛に理解してもらうことは出来ないだろう。

安奈さんの死は定められたものだった。

そんなことを言われても、納得出来るはずがない。


いたずらに沈黙だけが続いていく。

そして、芹愛が唇を真一文字に結んだその時……。

彼女の肩越しに、見覚えのあるシルエットが現れた。

ホームへと続く階段を、笑顔で下りてきたのは……。

「……安奈さん」

俺は幻でも見ているのだろうか。

デジタルカメラのような物を右手に掲げ、楽しそうに階段を下りてきたのは、見紛《みまが》うことなく織原安奈だった。

俺の反応を見て、芹愛が振り返る。

「ちょっと、お姉ちゃん！　気をつけてってば！　余所見《よそみ》しないでって言ったでしょ！」

姉に向かって声を張り上げてから、しかめっ面《つら》でこちらに向き直る。

「昨日、旅館に泊まったんだけど、夜食を買いに行こうとした時に、お姉ちゃん、車に撥《は》ねられているの」

「え……。それは……無事だったのか？」

そこで、安奈さんが左腕に包帯を巻いていることに気付く。

「何度も気味の悪いことを言ってきたのは綜士《そうし》じゃない。意味が分からなかったし、お姉ちゃんが死ぬなんて不吉な話、信じてもいなかったけど、頭から離れなかった」

険しい表情で芹愛は姉を見つめる。

「本当に危なかったの。あの時、交差点で咄嗟に私が手を引っ張っていなかったら、かすり傷程度じゃすまなかった。それに、綜士が警告していたホテルでは火事が起きていた。ねえ……本当にどういうことなの？」

制御出来ない脱力感に襲われ、芹愛の質問に答えられない。

「……良かった。良かった」

駄目だ。感情が飽和する。

「安奈さん、助かったんだな。ちゃんと、お前が守ってくれたんだな」

「ちょっと、綜士。何で泣いてるの？」

目頭から溢れ出す熱い何かを止められなかった。

「良かった。本当に、良かった。無駄じゃなかった」

芹愛が不審に満ちた眼差しで見つめていたが、あまりの安堵感で、恥も外聞もなく泣いてしまう。

「あれ、綜士君。どうしたの？　大丈夫？」

安奈さんの優しい声が鼓膜に届き、千歳先輩が嬉しそうに俺の肩に手を置いた。


何から話せば良いだろう。

俺は二人に、何を、何処まで話せば良いのだろう。


これから始まるのは、俺たちが初めて経験することになる新しい一日だ。

まだ、誰も死んじゃいない。

芹愛も、安奈さんも、どちらも生きている。

千歳先輩も隣で笑っている。

なあ、雛美。
この声が届いてくれないかな。
どうにかして、お前に聞かせられないかな。
俺はこの風景を、今、誰よりもお前に見せたいよ。

無駄じゃなかったぞ。
お前が命を賭けて取り戻そうとした未来は、ちゃんと実現していたんだ。

俺たちはお前の分まで、明日を生きていくからな。

プロローグ

1

「緒美《つぐみ》とは、もう遊ばない」

三日前に告げられた言葉が、今日も頭の中をぐるぐると回っていた。

思ったことをすぐ口に出してしまうせいで、過去にも何人かの同級生に嫌われてきたけれど、小学六年生にして、とうとう一人きりになってしまった。

次に友達が出来たら、今度はもう喋らない。

喋らなければ、きっと嫌われることだってない。

人混みを掻《か》き分けて進みながら、少女はそんなことを考えていた。

この町では例年、八月八日に八津代祭《やつしろさい》なる催しが開催される。

今日、家にこもっていたら、友達に嫌われたことが家族にばれてしまう。

一緒にお祭りを楽しんでくれる子なんていなかったが、少女は一人、自宅を飛び出し、露天商が立ち並ぶ会場に足を踏み入れていた。

いじけていても仕方がない。せっかくここまで来たのだから、開き直って楽しもう。そう決めた少女は、去年発見したガラス細工の出店に向けて歩を進める。

一年前に見た、クリスタルガラス製のサンキャッチャーを、今も鮮明に思い出すことが出来る。太陽の光を集め、プリズム効果で光の欠片《かけら》を放射するインテリアアイテム。去年はお小遣いを使い切っていたせいで買えなかったが、今年こそは手に入れたい。そう思っていたのに……。

肝心のお店が、記憶していた場所から消えていた。

ずっと楽しみにしていたのに、今年は出店自体が取りやめになったのだろうか。

泣きたくないのに、自分が可哀想《かわいそう》な人間だなんて認めたくないのに、現実は厳しい。

心細さを誤魔化しながらの遠出は、完全に無駄足だった。

既に日は落ちかけており、油断しただけで涙が零れそうになる。泣くまいと歯を食い縛り、天を仰ごうとしたその時……。

鎖のような物を人差し指に引っかけ、先端の何かをくるくると回しながら、同い年くらいの男の子が目の前を通り過ぎていった。小学生が一人で歩いているだけでも珍しかったが、目を引いたのは、彼が回している円盤状の何かだった。

考えるより早く尾行を始め、やがて少女はその正体に気付く。

あれは懐中時計だ。何処の出店で売っていたのだろう。

数分前までサンキャッチャーが買えなかったことに落ち込んでいたのに、少女の頭の中は、少年がくるくる回す懐中時計でいっぱいになっていた。

彼がネックストラップの先にぶら下げているのは、一眼レフカメラだろうか。

少年の顔に見覚えはなかった。懐中時計を売っている店が知りたいが、見ず知らずの男の子に話しかける勇気はない。

そうこうしている内に、少年は露天商が並ぶ祭り会場から出ていってしまった。


その時、彼を追ってしまった理由は、少女にも分からない。

導かれるように尾行を続けると、少年はとある高校の敷地《しきち》に入っていった。

高台の上に立つ、雄大な時計塔を有する私立高校。

夏休みだからか、八津代祭の当日だからか、敷地内に人影はない。少年は鍵のあいた扉を探しているようで、幾つものドアノブに手をかけては首を捻っていた。

草陰に隠れ、背後から十分は観察していただろうか。

裏手に回った少年が、職員用玄関の扉が開錠されていることに気付く。

一度周囲を見回してから、彼は校内に入っていった。

日が沈みかけた空に、打ち上げ花火が大輪の花を咲かせている。もう時刻も遅い。母親が帰宅を心配し始める頃合いでもある。このまま帰るのが賢明な選択だと、頭では分かっていた。しかし、それでは完全に無駄足になってしまう。サンキャッチャーも買えなかったし、懐中時計を売っている店も分からなかった。あの少年が何をしようとしているのかも不明なままだ。

少年の後を追う決意を固めた少女は、昇降口で見つけた懐中電灯を手に、夜の校舎をさまよっていた。

花火の光と音に誘われ、グラウンドに面した棟へと辿り着く。

打ち上げ花火の音と振動を感じているからか、不思議と恐怖はなかった。

この高校は高台の上に建てられている。最上階まで上がってみよう。

この町で一番高い場所に立てたら、とても気分が良いに違いない。

真っ直ぐ、正面に、花火が打ち上がる。

こんな時間に、こんな場所で、花火を見ている自分が不思議だった。

辿り着いた四階は、奇妙な形状を見せていた。廊下の真ん中の辺りで、教室か何かが出っ張っている。何故、こんな作りになっているのだろう。

出っ張った部分についていた扉を開けると、ひんやりとした空気が流れ出てきた。

巨大な歯車が中央で噛み合っており、壁に沿う形で螺旋階段が設置されている。

そうか……。ここは時計塔の内部なのだ。

四階よりももっと高い場所から、花火を見ることが出来るかもしれない。

懐中電灯の光を頼りに、螺旋階段を上っていく。

最上部に辿り着き、扉を開けると、視界の先に圧倒的な夜景が広がった。

簡易的な鉄の柵で囲われた一メートル四方の足場があり、少女はその上に立つ。

息をのむような夜景の上に、美しい光の花が咲いていた。

こんな光景は、そうそう目に出来るものじゃない。

遅くまで出歩いたことを両親に叱《しか》られたとしても後悔はない。そう思った。


色とりどりのスターマインが打ち上がり、美しさに吸い込まれるように、少女は手すりから身を乗り出す。

事件が起きたのは、その時だった。

手すりを摑もうとした手の平が汗で滑ってしまい、前のめりになった上半身の体重が、手すりの向こうにかかる。

全身に怖気が走った時には、もう遅かった。

重力に引かれ、落下を始めた身体は止まらない。手すりの向こうへ頭から落ちていく。

ああ……。自分はこのまま死んでしまうのだ。それが、はっきりと理解されていた。

しかし、地面に直撃する直前、少女は奇妙なものを見る。

視界の先の空間が捻じれ、ぽっかりと闇にも似た穴をあけていた。

そして、閃光《せんこう》と共に闇へと吸い込まれた次の瞬間、少女の意識は弾《はじ》け飛んでいた。

2

目覚めた少女を、得体の知れない恐怖が襲っていた。

何故、自分は砂地の上で座り込んでいるのだろう。

自分は一体何者で、ここは何処なのだろう。

立ち上がろうにも、仔鹿《こじか》のように足が震えてしまう。

眼前には障害物のない地面が広がっており、背中側には無機質な高い壁がそびえている。分かるのは今が夜であることと、花火が打ち上げられていることだけだった。

やがて目が暗闇《くらやみ》に慣れていき、ままならなかった思考が働き始める。

遠くにフェンスが見えるということは、ここはグラウンドだろうか。背中側にあった建物の内部を覗くと、廊下のようなものも確認出来た。

……そうか。ここは学校だったのだ。

グラウンドに遊具が見えないから、中学校か高校なのかもしれない。


ぼんやりとする頭を手で押さえ、少女は歩き始める。

自分が一体、誰なのか。ここが何処なのか。早く答えを見つけなくてはならない。

こんな暗闇で、行き先さえ分からないなんて、恐怖以外のなにものでもない。


花火の明かりを背に受けながら、少女は出口を探して歩き回る。

正門らしきものを遠くに発見したその時、初めて人影が目に入った。

校舎の中から、小学生らしき少年が飛び出してきたのだ。

彼の横顔を見ても何も思い出せなかったが、向こうは自分のことを知っているかもしれない。こんな時刻に居合わせた少年が、自分と無関係であるとは思えない。

彼は正門に向かって、一直線に駆けている。

「ちょっと待って！」

そう、言ったつもりだった。しかし、目覚めてから初めて発した声は、上手く言葉にならない。少年は一瞬、立ち止まるような挙動を見せたものの、そのまま正門から走り去ってしまう。

やっと出会えた唯一の手掛かりだ。彼を追わなければならない。そう思うのに、焦る気持ちとは裏腹に足に力が入らなかった。

よろけるように地面に手をつき、顔を上げたその時、何かが光を反射していることに気付く。走り去った少年は、上着から何かを落としていたような……。

近付いて拾うと、懐中時計だった。

裏面に『SOUSHI KIJOU』と刻印が施されている。あの男の子の名前だろうか。

既に少年の背中は、遥《はる》か彼方《かなた》だ。

追いつけるとは思えなかったけれど、再び後を追って走り出すことにした。

坂道を下りて直進すると、やがて駅が見えてきた。

背伸びをして覗いたフェンスの向こう、構内のホームに少年の姿が見つかる。

ポケットに入っていた財布から小銭を投入し、適当な切符を購入して改札の中に入ると、ちょうど電車が発進するところだった。

ホームからは少年の姿が消えている。この電車に乗ったのは間違いない。全速力で電車に駆け寄り、扉が閉まる寸前で飛び乗る。

本当にギリギリだった。膝に手を当てて、呼吸を整える。

飛び乗った車両に少年の姿はなかったが、二つ隣の車両で、その姿を確認することが出来た。閑散とした車内で、彼は仏頂面のままうつむいている。

彼の対面に座っている乗客はいない。心臓に手を当て、唇を噛み締めた後で、少女は彼の向かいの座席へと移動した。

正面の席に座ると、顔を上げた彼と目が合う。しかし……。

少年はすぐに目を逸らし、そのまま何の反応も見せなかった。

自分のことを知らないのだろうか……。

明かりの消えた夜の校舎から、子どもが一人で出てくるなんて、まともな話ではない。自分にも、彼にも、何らかの事情があるはずだ。

話しかけたいのに勇気を奮えないまま、時間だけが過ぎていく。

対面に座った時に顔を上げただけで、それ以降、彼は一度も自分を見ていない。

やがて少年が立ち上がり、つられるように少女も電車から降りる。そのまま彼の後ろについていくと、不意に、ホームで少年が立ち止まった。

慌てて自販機の陰に身を隠し、様子を窺う。

少年は両手をポケットに突っ込んだまま、何度も頭上の電光掲示板を確認していた。時刻は既に九時を回っている。こんな時間まで出歩いてしまったことに焦っているのだろうか。苛立つように地面を蹴《け》った後、少年は再び早足で歩き出した。

駅を出たところで話しかけてみよう。そう決意し、再び少年の後を追いかけた少女だったが、そこで思わぬトラブルに襲われる。

改札が開かなかった。購入した切符が、ここまでの料金を満たしていなかったのだ。

こんな時にどうすれば良いのか、少女には分からない。

焦りとは裏腹に、少年の背中がどんどん遠ざかっていく。


異変に気付いた駅員に乗り越し精算機へと案内され、精算を手伝ってもらえたものの、駅から出た時には完全に手遅れだった。少年の後ろ姿は、もう見つからない。

途方に暮れ、それでも少女は歩き出す。

零れそうになる涙を必死に堪えて、少年の姿を探し求める。

自分が誰なのか、答えを知っている人間は、あの少年しかいないのに……。

彼の背中は見つからず、そのまま少女は見知らぬ夜の町をさまよい歩くことになった。

少女には帰るべき場所がない。

迷子とすら呼べぬ状態で、一人、当てもなく歩き続けていた。

夏祭りがあったのだろうか。すれ違う浴衣姿の人々は一様に笑顔を浮かべていたが、少女の心を支配していたのは、恐怖と寂しさだけだった。

このまま当てもなく歩き続け、力尽きたとしたら、自分はどうなってしまうのだろう。

ポツリ、ポツリと降り出した雨が、次第に強くなってきている。

濡れた前髪が、視界を邪魔する。

行く当てもないのに、運命みたいな何かが、前進する意志さえ邪魔してくる。


街灯の明かりの下、カーブミラーに映る顔に、見覚えがなかった。

私は、私が誰だか分からない。

自分が何者なのか、思い出せない。

気付かぬ内に、涙が溢れ出していた。

ここは一体、何処なのだろう。

自分は何処へ向かい、何を信じ、誰にすがれば良いのだろう。

一寸先どころか、この場所こそが闇の中心だった。

「緒美《つぐみ》！」

不意に、誰かを呼ぶ声が聞こえ、振り返ると四十代くらいの男が駆け寄ってきた。

「こんな時間に何をやっているんだ！　こんなにびしょ濡れで……」

突然、大人の男に腕を強く摑まれたのに、不思議と恐怖は感じなかった。

この人は自分のことを知っているのだろうか。

やっと自分が誰なのか知ることが出来るのだろうか。

淡い期待と安堵が、同時に、少女に去来する。しかし……。

少女を待ち受けていたのは、まるで椅子取りゲームのような残酷な世界だった。

3

紆余曲折《うよきょくせつ》を経て、『雛美《ひなみ》』という名を与えられた少女は、それから、鈴鹿《すずか》家の一員として生きることになった。

雛美は鈴鹿家の実の娘である緒美《つぐみ》と瓜二《うりふた》つである。外見的特徴も、声や仕草《しぐさ》も、すべてが似通っており、家族にさえ見分けがつけられない。

そんな雛美に対し、当初は母や祖母も戸惑いを見せていたが、時間と共に、雛美は家族に馴染んでいった。天真爛漫《てんしんらんまん》な弟は、ほどなく姉が増えたと喜んでくれるようになったし、父は初めから自分の娘であると信じ、疑っていないようだった。

けれど、ただ一人、緒美だけが頑なに雛美を認めようとしない。

雛美は赤の他人なのに、父は実の娘と変わらない態度で接しようとする。本来、自分が享受《きょうじゅ》するはずの愛情が半分になってしまう。それは、決して赦せることではなかった。


無戸籍解消の手続きに際し、緒美と同じ生年月日を登録され、雛美は夏休み明けから小学校に登校する。

家族なのだから雛美の面倒を見てやって欲しい。事前に父に頼まれていたものの、緒美はまったく納得していなかった。緒美にとって雛美は、鈴鹿家を乗っ取ろうとする偽者でしかない。そんな人間に優しくなんて出来るはずがなかった。

不可思議な転校生を迎え、緩やかに緒美の敵意は広まっていく。

思いは悪意を伴って、友人たちに伝わっていく。

女子たちは緒美に遠慮して雛美に近付かず、男子はそもそも女子の転校生になど興味も示していない。転入から三日も経たずに、雛美は孤立するようになっていた。

この一ヵ月あまりで、帰るべき場所が与えられ、名前も生年月日も手に入れた。

しかし、雛美はそれが偽物であると知っている。自分に与えられたのは、作為的に用意された偽物の記号でしかないと理解出来ている。鈴鹿雛美なんて人間が、本当はこの世に存在しないことを、雛美自身が一番よく分かっていた。

自分が何者なのかも分からないのに、他者と友情など結べるはずもない。

少女の孤立は、外的にも内的にも必然の帰結だった。


鈴鹿家に連れてこられた日、雛美は学校で拾った懐中時計を靴下の中に隠していた。『SOUSHI KIJOU』の名が刻印された懐中時計だけが、自分を知るための手掛かりである。絶対に取り上げられるわけにはいかなかった。

一度だけ、同部屋で暮らすことになった緒美に見つかったものの、彼女は雛美のことを存在しない者のように扱うため、誰に告げ口されることもなかった。


小学校に通い始めても、雛美の頭の中は、あの男の子への想いで占められていた。

自分があの夜、あの場所にいた理由を、彼ならば説明出来るかもしれない。

あの少年が自分と同じように記憶を失っているという可能性だって考えられる。

今、自分がすべきことは、緒美に認めてもらうことでも、友達を作ることでもない。

あの少年と再会することだ。一貫して雛美はそう信じていた。

父に自分を発見した場所まで案内してもらい、近隣を歩き回って北河口《きたかわぐち》駅に辿り着いたのは、鈴鹿家に拾われて二ヵ月後のことだった。

その後、放課後や土日を利用し、雛美は何ヵ月も駅まで足を運び続けたが、彼の姿を見つけることは出来なかった。

あの少年は、普段、電車を利用するような生活を送っていなかったのだ。


少女の希望を置き去りにして、季節は巡る。

鈴鹿雛美という名前が自らに染み込み始めた春、少女は中学校に入学していた。

初めて緒美とは異なるクラスになり、別の小学校を卒業した生徒とも沢山知り合うことになったけれど、やはり友達は作れなかった。

中学入学を機に、緒美は眼鏡《めがね》をコンタクトレンズに変えている。髪型も変わったし、バドミントン部に入った緒美は、今まで以上に沢山の友達に囲まれるようになった。

一方で、周囲に避けられ続けている雛美の生活には、変化が生じていない。

それでも、あの男の子のことを考えるだけで、勇気が湧いてくる。周りに冷たくされても耐えられるのは、心の中に、いつもあの少年がいるからだった。

あの男の子も、もう中学生になっただろうか。

地図で調べてみたところ、北河口駅の周辺にある中学校は一つだけだった。その中学校のホームページにアクセスすると、一年間の行事予定表がアップされており、雛美の中学では九月に行われる体育祭が、五月に開催予定であると分かった。

体育祭なら兄弟姉妹の観戦もあるし、他校の生徒が入っても問題ないだろう。


懐中時計を握り締め、件《くだん》の中学の体育祭へと向かった、皐月《さつき》の日曜日。

雛美は数ヵ月振りに彼の姿を目にすることになった。

あの少年は、この中学の生徒であり、しかも同じ一年生だった。

ようやく彼を見つけることが出来た。

それが本当に、本当に嬉しかったのに……。

彼を見つめている内に、胸がどんどん苦しくなっていく。

呼吸をするだけで心臓が痛んでくる。

保護者席から一日中、彼を見つめていたが、少年は一度として仲間と会話をしていなかった。周囲が熱心に応援の声を張り上げている時も、口すら開けていない。クラス対抗のリレーでも明らかに手を抜いて走っていた。

そして、そんな彼のことを、周囲はまるで腫《は》れものにでも触るかのように扱っていた。

同じだった。彼は、自分と同じ孤独な生き物だった。

空は高く澄み渡り、こんなにも蒼《あお》いのに。

どうして彼は、あんなに哀しそうな目をしているんだろう。

彼はきっと、一人じゃない。自分とは違い、本当の家族だっているはずなのに、何故、世界を拒絶しているんだろう。

話しかけようと思えば、そうすることも出来た。競技のために移動する時、彼は集団から距離をとっていたし、落とし物を渡すという口実もある。

しかし、結局、体育祭が終わるまで、雛美は彼に話しかけることが出来なかった。

すべてを拒絶するような少年の眼差しに、足がすくんでしまったのだ。

帰宅してからも、悄然《しょうぜん》とした眼差しが頭から離れない。

彼は自分と同じ目をしていた。

誰にも存在を許されていないような、そんな顔で、世界を見つめていた。

彼の気持ちを理解出来るのも、彼に理解してもらいたいと願っているのも、きっと、世界で自分一人だけだ。そう思った。

二日後、体調不良を理由に早退し、彼の中学校へと向かう。

放課後が始まると、予想通り、彼はすぐに一人で正門から出てきた。

体育祭で知ることが出来たのは、彼の学年だけである。懐中時計に刻印された『きじょう』というのが、本当に彼の名字なのかも分からない。懐中時計を返すのは、自宅の表札を確認してからにしようと思った。

今から九ヵ月前、電車で対面に座り、一度はっきりと顔を見られている。彼が自分のことを忘れているとは限らない。慎重に尾行する必要があった。


陸橋を越え、橋を渡り、名前も定かではない少年の背中を追う。

そんな不思議な尾行が十分ほど続いただろうか。

住宅街に入った途端、彼の姿を見失ってしまった。

ここまでの尾行と同じように、曲がり角の向こうに彼が消えてから、そこまで走っている。振り切られたとは考えにくい。彼の自宅は、この通りにあるのだ。

周囲に気を配りながら一軒ずつ確認していったのに、何処にも『木上』なる表札を掲げた家が見つからない。これは、一体どういうことだろう……。

「こんにちは」

通りを戻りながら再度、表札を確認していると、不意に背中から声をかけられた。

少し年上の女の人が、庭先から笑顔でこちらを見つめている。

「あ……。こんにちは……」

通行人に挨拶をしただけなのだろうか。お姉さんは頭を下げると、そのまま庭の洗濯物を取り込み始めた。

この通りに住んでいる人間なら、何か知っているかもしれない。

「あの……この辺りに、『きじょう』という家はありますか？」

「ありますよ。お向かいさんです」

振り返ると、その家の表札に『杵城』という文字が並んでいた。

「あれで『きじょう』って読むんですか？」

「そうですよ。難しい漢字を書きますよねー」

笑顔で告げて、お姉さんは洗濯物を抱えたまま自宅へと入っていく。


目の前に建つ杵城家は、二階建てのありふれた一軒家だった。

門の向こう、玄関の脇にも表札がかかっており、そこには女性の名前と、『綜士』という名前が並んでいた。あれで『そうし』と読むのだろうか。

懐中時計を握り締めたまま、杵城家を見つめる。

自分が何者かを知るための、唯一にして最大の手掛かり。あの少年は、雛美にとってそういう存在だった。ずっと、この日を待ちわびていたのに……。

両足が小刻みに震えている。

九ヵ月という歳月は、偽者の自分を曲がりなりにも鈴鹿雛美という一人の人間へと書き換えていた。器に入れられた後で、その器によって魂を形作られてしまったのだ。

彼と会えば、鈴鹿雛美という人間は、今日で終わりになるかもしれない。

鈴鹿雛美であることを、やめなければならなくなるかもしれない。


やっとの思いで辿り着いたのに、結局、何も出来ずに帰途につく。

もう二度と、一人には戻りたくない。

再び闇夜に放り出されるくらいなら、真実なんて分からなくても構わない。

弱い心が、今、雛美にそう囁いていた。

4

直接会う勇気もないくせに、杵城綜士《きじょうそうし》の存在が頭の中から消えてくれない。

彼と雛美《ひなみ》の間に存在する共通項は、あの夜、同じ場所にいたという事実だけである。まさか鳥じゃあるまいし、インプリンティングされたとは思えない。それなのに、胸が苦しくなるほどに、彼のことばかり考えてしまう。

別の生活圏で暮らす他校の生徒と会う機会などそうそうない。だが、彼の姿を見るチャンスは、体育祭以外にも一度だけあった。十月に行われる合唱コンクールである。

しかし、待ち望んでいた数ヵ月振りの再会は、幸福な時間とはならない。

壇上に上がった彼は、最後まで一度も口を開かなかった。

杵城綜士はやる気のなさそうな顔でその場に立っているだけであり、周囲はそんな彼に辟易《へきえき》とした視線を向けている。

学校で自分が孤立しているのは平気なのに、彼が一人でいる姿を見つめるだけで、たまらなく胸が苦しくなる。

笑って欲しいのに。杵城綜士の笑顔が見てみたいのに。

雛美が見つめる時、彼はいつだって不愉快そうな顔で世界を嘆いていた。

翌年、二年生に進級しても彼の姿は変わらない。

体育祭ではとうとう一度も競技に参加しなかったし、合唱コンクールでは指揮者を見てすらいなかった。

世界を拒絶する彼の姿に胸がつまる。

彼が感じているだろう孤独が、自分の中にも流れ込んでくる。


二年前の八月八日、名前も知らない学校で目覚めたあの日。

すべての記憶と引き換えに、雛美は彼の名前が刻印された懐中時計を手に入れている。

あの懐中時計があったから、自分はこの世界と繋がっていられた。雛美は本気でそう考えている。だけど……。

もしかしたら、この時計を失くしたせいで、彼の人生は狂い始めたのかもしれない。

自分を支える代わりに、彼のバランスを壊してしまったのかもしれない。


十四歳、冬の匂いが街を支配し始めた師走の日曜日。

雛美は再び、杵城家へと向かう決意を固める。

「大会の帰り道で、この懐中時計を拾いました。偶然、その場にあなたと同じ中学の生徒がいて、自宅の住所を聞いたんです」

杜撰《ずさん》な口実しか用意出来なかったけれど、二年以上経っている時点で、何を言ったって信憑性《しんぴょう》など生まれないだろう。

ケセラセラ。なるようになれだ。

今はこの懐中時計を彼に返すことだけ考えよう。


北河口駅で電車を降り、辿り着いた彼の家は、一年半前の記憶のままだった。

勇気を出してチャイムを押すと、中から出てきたのは、彼の母親らしき人物だった。

普段、訪ねてくる友人がいないからか、突然、同級生と思《おぼ》しき女生徒が訪ねてきたことに、彼の母は怪訝《けげん》の眼差しを見せる。

「私、同じ二年生の鈴木《すずき》と言います」

咄嗟に口をついて出たのは、一文字違いの偽名だった。

「あの……綜士君に用事があるんですけど、彼は家にいますか？」

「綜士に用事？　ああ……じゃあ、上がって。部屋から呼んでくるから」

想定外の提案を受けたが、断る理由も見つからない。

勇気を出して、杵城家にお邪魔することにする。


二階に上がっていった彼の母は、戻ってきた足でほうじ茶を用意していた。

「ごめんね。綜士、出掛けちゃったみたい。あの子と何か約束をしていたの？」

「そういうわけじゃないんですけど。渡したい物があって。あ、友達に頼まれて……」

また一つ、自分を守るための嘘をつく。

「せっかく来てもらったのに、ごめんね。どうする？　ここで待つ？　それとも私が預かっておこうか？」

勇気を振り絞って、ここまで来たのだ。直接、彼と話をしてみたい。

「ここで待っても良いですか？」

「うん。構わないけど、あの子、夜まで帰ってこないかもしれないよ」

「何処に行ったんですか？」

「さあ……。あの子、自分のことを話してくれないから」

寂しそうな顔で告げた彼の母親に、それ以上、何も聞けなくなってしまった。

初対面の大人と二人きりで過ごす時間。それが苦痛でなかったのは、彼の母が一心不乱に編み物を続けており、こちらに注意を向けていないからだろうか。

午後五時を過ぎ、窓の外はすっかり暗くなってしまっていた。

さすがにそろそろ帰るべきかもしれない。雛美がそんなことを思い始めた頃、

「ねえ、鈴木さんは綜士のクラスメイト？」

彼の母親から、一つの質問が届いた。

「違います」

「そう。じゃあ、一年生の時に？」

「いえ、一年生の時も別のクラスです」

「そっか。二人きりの家族なのにね。私、あの子のことがよく分からないんだ。だから学校での様子を聞けたらなって思ったんだけど」

「……綜士君はいつも一人でいるような気がします。誰かと一緒にいるところを見たことがないですから」

「小学生の頃は、時々、同級生が遊びに来ることもあったんだけどな。やっぱり、今は友達がいないのか」

「体育祭や合唱コンクールを見に行ったことはないですか？」

「うん。学校に来たら、二度と口をきかないって言われてるから」

そう告げた彼女の目に、薄らと涙が浮かんでいた。

「どうして、こんなことになっちゃったんだろう。昔はもっと明るい子だったのに。やっぱり、一人親じゃ、上手く育てられないってことなのかな」

何と答えたら良いか分からなかった。

自分が知らないだけで、彼にも別のクラスには友達がいるかもしれない。遅くまで出掛けているのだって、何処かで友達と会っているからなのかもしれない。どんな可能性だって考えることは出来る。だけど……。

こんなに悩んでいる人を、嘘で励ますことは出来なかった。

「あの……もう暗くなってしまったので、そろそろ帰ります」

「そうだね。その方が良いと思う。本当にごめんね。せっかく来てくれたのに」

「いえ、約束をしていたわけではないので。あの……私がここに来たことは秘密にしてもらえませんか？」

「秘密に？」

「はい。お願いします」

「それは構わないけど、綜士に渡したかった物はどうするの？」

あの懐中時計は彼の物で間違いない。ここで返すのが筋だろう。

しかし、この懐中時計がなければ、あの夜、同じ場所にいたことも証明出来ない。これだけは直接、彼に手渡したかった。

「今度、学校で会った時に渡そうと思います」

「そっか。了解。でも、また、いつでも遊びに来てくれて良いからね」

社交辞令ではない笑顔が、自分を見つめていた。

学校で渡すと言ってしまった手前、もう次の口実はないだろう。

自分が再度、この家に足を踏み入れることはない。そう、思ったのだけれど……。

それから一年後、雛美は再び、予期せぬ形で杵城家を訪れることになる。

5

やっとの思いで固めた決意が空振りに終わったこと。

それは、鈴鹿雛美《すずかひなみ》にとって想像以上にショックな出来事だったらしい。

杵城《きじょう》家を訪ねて以降、何を前にしても、やる気が出なかった。

彼の母の言葉が頭から離れない。あの哀しそうな顔が忘れられない。


あと一年もすれば、自分たちは高校生になるだろう。それは、二人の人生を交錯させるための最大のチャンスのように思えた。

彼と同じ高校に入学出来れば、今度こそ自然な形で懐中時計を返せるに違いない。

いつかの夏に拾った時計の持ち主に、高校で偶然、巡り合った。

雛美の胸には、そんなシナリオが描かれるようになっていく。


五月、最高学年として迎えた最後の体育祭に、杵城綜士《きじょうそうし》の姿はなかった。

ついに彼は学校行事そのものをさぼることにしたのだ。

彼の心に巣食う闇のような何かは、十五歳になっても変わっていなかった。

こんなにも会いたいと願っているのに。

悩ましいまでに、彼の笑顔が見てみたいのに。

今年は、その横顔を眺めることさえ難しいかもしれない。

けれど、来年、同じ高校に入学出来れば、きっと、正面から巡《めぐ》り逢《あ》えるだろう。


夏休みを前に、同級生たちの多くが希望進路を固め始めていた。

そろそろ彼の中でも、受験する高校が決まっただろうか。

夏休みが始まると、雛美は杵城家付近のスーパーで、彼の母親を待ち伏せすることにした。偶然を装って再会し、さりげなく彼の希望進路を聞き出すのだ。


当たりをつけたスーパーに彼の母親が現れたのは、丸二日を無駄にした後で迎えた日曜日のことだった。

向こうも雛美のことを覚えており、並んで食材を物色しながら、上手く進学の話へと話題を変えていく。そこまでは、目論見《もくろみ》通りだったのだが、

「あの子、まだ進路を決めていないの。三者面談でも急《せ》かされたんだけどね。本当、何を考えているのか分からなくて……」

彼女の口から零れてきたのは、そんな言葉だった。

ずっと、雛美はそれなりの成績をキープしている。同じ高校に通いたいと考えるようになってからは、それまで以上に真剣に勉強していたし、大抵の高校に進学出来るだけの成績を収めていた。

しかし、彼の進学先が決まっていないのでは、どうにもならない。間をあけて、再度、偶然の再会を装う必要がありそうだった。

神無月《かんなづき》の下旬に行われた、彼の中学の合唱コンクール。

予想通り、そこにも彼の姿はなかった。

盛り上がる輪の中に入りたくない気持ち。それは、自分にも友達がいないから、よく分かる。ただ、それでも雛美は両親の手前、最低限の協調性を保って生きてきた。

適当に薄ら笑いを浮かべ、心にもない同調の言葉を口にして、周りの顔色を窺いながら日々を生活している。

今日まで何度、自分に嘘をついてきただろう。

自らを虚飾する度に、死にたくなる。消えてしまいたくなる。

彼が学校行事に参加しないのは、きっと同じような気持ちを抱えているからだ。

喋ったことも、心の中を覗いたこともないのに、不思議とそんな確信があった。

多分、彼はこの社会を憎んでいる。それでも、高校には進学すると信じたい。

霜月《しもつき》に入り、雛美は再び、日曜日のスーパーで待ち伏せを行う。そして、今度はわずか数時間で、彼の母親と遭遇することになった。

何気ない雑談から、タイミングを見て、話題を彼女の息子へと移す。すると……。

突然、彼の母親が口元を押さえて泣き出してしまった。

予期せぬ事態に、頭も身体もフリーズしてしまう。周りの人間には気付かれていなかったし、彼女はすぐに泣きやんだものの、大人が涙を流す姿は衝撃的だった。


何も言えないまま会計を済ませ、スーパーから出ると、彼女が苦笑いを浮かべた。

「みっともないところを見せちゃったね。お詫《わ》びと言ったら変だけど、鈴木《すずき》さん、良かったらうちで夕ご飯を食べていかない？　おうちの方が心配するかしら」

「家には連絡を入れれば大丈夫ですけど、突然、私なんかが現れたら綜士君がびっくりするんじゃないでしょうか」

「あの子、遅くまで帰ってこないの。多分、今日も十一時を過ぎると思う。毎日、一人で夕ご飯を食べるのは寂しくて。嫌じゃなかったら、話を聞いてくれない？」

杵城綜士は今日も家にいないらしい。

受験生だというのに、彼はそんな時間まで何処に出掛けているのだろうか。

食卓の上に、空になった器が並んでいく。

「あの……それで、綜士君はどうして遅くまで帰ってこないんですか？」

ひとしきり食事を堪能《たんのう》した後で、本題を切り出した。

「先月から塾に通い始めたの。授業は九時過ぎに終わるみたいなんだけど、毎日、自習室が使える十一時まで残るって言ってて」

「塾……ですか」

「中学生になってからは、成績も落ちる一方だったの。塾に通いたいなんて、小学生の頃にも言われたことがなかったし、本気なのか怪しいって思ったんだけどね。勉強するって言われたら、親は信用するしかないじゃない」

「どうして、突然、塾に通うつもりになったんでしょうか？」

「白鷹《しろたか》高校に進学したいみたい」

それは、県内でも名の通った私立進学校の名前だった。

「こんな時期から勉強を始めて、あんな進学校に合格出来るとは思えない。本当に、何を考えているんだろう。綜士、白鷹高校以外は受験しないって言い張ってるの。白鷹に落ちたら高校には通わないって」

再び、彼女の目に涙が浮かぶ。

「お願いだから、身《み》の丈《たけ》にあったレベルの高校も受験して欲しい。そう何度も言ったんだけどね。俺に指図するなって、話も聞いてくれないの。あの子、本当は高校になんて行かないつもりなのかもしれない」

「でも、毎日、遅くまで勉強しているんですよね」

「あんな形相《ぎょうそう》で勉強をしている子は、もう何年も見たことがないって、塾の先生は言ってた。このままなら奇跡が起きるかもしれないって」

「私立高校の一般入試は、二月でしたっけ」

「そうみたい。君なら逆転出来るって、先生もあの子を焚《た》き付《つ》けているみたいで……。別に、普通で良いのに。良い高校に進めなくても、普通にしていてくれたらそれで十分なのに。どうして今になって、白鷹なんて目指そうとするんだろう。このままじゃ、あの子の人生が本当にめちゃくちゃに……」

ただ、人並みの人生を送ってくれたら、それで良い。

そう願う彼女にとっては、息子の努力が自暴自棄なものに映るのだろう。

彼が突然、無謀にも思える努力を始めた理由。それは雛美にも分からない。ただ、彼が本気で白鷹高校に進学しようと考えていることだけは、不思議と確信が持てた。

いつだって世界に不満ばかりを抱いていた彼が、ようやく本気を出し始めたのだ。

「鈴木さんは、もう受験する高校を決めたの？」

それを問われた時、

「はい。私も白鷹高校を目指しています」

考えるより先に口が動いていた。

「そっか。優秀なんだね。じゃあ、お願いしておこうかな。もしも、運良くうちの息子も通えることになったら、あの子と仲良くしてあげて欲しい。きっと、高校に入っても、綜士は一人だと思うから」


彼の母の頼みに頷いた雛美だったが、帰宅してすぐに絶望的な現実を思い知る。

ずっと、学年で三十番以内の成績をキープしていたが、白鷹高校に進学したいのであれば、現在の偏差値では、まるでお話にならなかった。

その日の内に、父親に家庭教師をつけて欲しいと頼み込む。

残りの三ヵ月間、死ぬ気で勉強して、彼と同じ高校に進まなければならない。それ以外の方法では、彼の人生と交わる道に辿り着けない。

雛美の家庭教師となったのは、白鷹高校を卒業し、地元の国立大学に進学した、古賀《こが》将成《しょうせい》という男だった。彼が高校進学時に実践したという勉強法を踏襲し、それ以来、雛美は持てる時間のすべてを受験勉強に費やしていく。

文字通り、睡眠と食事以外の時間すべてを、勉強のために使っていった。

結果だけを見れば、本当にギリギリで滑り込んだと言えるだろう。入試前に実施された最後の模試《もし》でも合格ラインには遠く及ばなかったが、最後の最後で雛美は多くのライバルを逆転する。

譲れない願いを貫《つらぬ》き通し、白鷹高校への進学を勝ち取ったのだ。

そして、合格発表当日、雛美は自分の人生が変わる瞬間を、その目で目撃する。

入学手続きの書類をもらう列に、杵城綜士の姿があったのだ。

三年半という時を経て、ようやく少年と少女の道が交わろうとしていた。

6

同じ高校に進学すれば、彼とクラスメイトになれるかもしれない。

もしかしたら、たった一人の友達にだってなれるかもしれない。

夢想めいた雛美《ひなみ》の淡い希望は、すぐに打《う》ち砕《くだ》かれることになった。

杵城綜士《きじょうそうし》とは別々のクラスになってしまったし、気付けば、彼の隣にはいつも同じ少年が佇《たたず》んでいた。塾が同じだったのだろうか。それとも、高校に入学してから友達になったのだろうか。答えは分からなかったが、校内で見かける彼は、雛美の知っていた杵城綜士とは様相を大きく変えていた。

不満そうな顔で、いつも世界を睨みつけている。今の彼は、そういう男の子ではない。体育祭や球技大会では、やる気のなさそうな姿を見せているものの、放課後になれば、一眼レフカメラを首から下げ、唯一の友人と共に楽しそうに写真を撮っている。知り合いでもいるのか、二人は望遠レンズを使い、グラウンドの陸上部を頻繁に被写体に選んでいるようだった。


杵城綜士は変わってしまった。

孤独に身をやつす彼は、もう何処にもいない。

見たいと願い続けていた彼の笑顔も、今ならば遠目に眺めることが出来る。

『きっと、高校に入っても、綜士は一人だと思うから』

彼の母親の予言も外れてしまった。運良く二人とも白鷹高校に入学出来たけれど、自分が彼と親しくなる必要なんて、金輪際《こんりんざい》なさそうだった。

あのつまらなそうな顔を変えられるのは私だけだ。

きっと、世界でただ一人、私だけが彼を理解出来るのだ。

まったくもって恥ずかしいまでに馬鹿な思い込みだった。

友達といる時の彼は、いつだって幸せそうな笑顔を浮かべている。

彼の人生に、自分の存在など微塵も関係なかったのだ。


季節は巡る。

春が過ぎ、灼熱《しゃくねつ》の夏がやってきて。

気付けば、いつしか学校で彼の姿を探すこともなくなっていた。

表面上の付き合いではあるものの、クラスメイトたちと喋る機会も増えている。中学までとは比べものにならないほどに、雛美は平凡な学生になっていた。

自分が何者なのか。何処からきた人間なのか。

闇夜に惑い、涙を流すことも、最近ではなくなっている。

こんな風に、大切な感情を少しずつ忘れながら、人は大人になっていくのだろう。


彼の名前が刻まれた懐中時計。

返さなければならないと思いながらも、ずるずると今日まで先延ばしにしてしまった。

今更、言い訳の言葉も見つからない。杵城家のポストにでも投函《とうかん》しよう。

四年前に目覚めたのと同日、八月八日の朝。

ようやく雛美はそれを決意する。

この懐中時計を手放せば、彼と自分を繋ぐ絆《きずな》はゼロになる。本当に、何もかもが終わってしまう。だが、それを甘受出来ない限り、きっと自分は前に進めない。

今日は八津代祭《やつしろさい》の当日である。

人で溢れた北河口駅で下車し、真っ直ぐに杵城家を目指す。

もうすぐだ。もうすぐ、すべてが終わる。

そう、思っていたのだけれど……。

道中の橋の上で、帽子を被《かぶ》った一人の女性が立ち尽くしていた。

八月の炎天下である。日陰もない場所で、立ち止まっている理由が分からない。不審に思いながら橋に近付き、そこで、雛美は気付いてしまう。

ぼんやりと川面を見つめていたその女性は、杵城家の向かいに住むお姉さんだった。

あの横顔は間違いない。『杵城』を『きじょう』と読むと教えてくれた彼女だ。

何年も前に一言二言、会話しただけである。向こうが覚えているとは考えにくい。背の伸びた自分に気付けるとも思えない。無視して通り過ぎても良かったが、何となくその動向が気になってしまい、雛美は木陰《こかげ》で立ち止まる。

十分が経ち、二十分が経っても、彼女は橋の上から動かなかった。

川面を見つめながら、時折、ゆらゆらと陽炎《かげろう》のように身体を揺らしている。

一時間が経とうとしていた頃、嫌な予感が脳裏をよぎった。

彼女は川に飛び込もうとしているのかもしれない。葛藤に苛まれ、最後の一歩が踏み出せないまま立ち尽くしているが、きっと、そんなことを考えているのだ。

熱中症にでもなってしまえば、倒れ込むように橋から落下してしまうかもしれない。

彼女は水も飲んでいない。いつ、その時が訪れても不思議ではない。


声をかけるべきだと分かっているのに、それが出来なかった。

橋を渡れず、雛美は来た道を引き返す。

また、だ。

また、自分は逃げている。

何だかんだと理由をつけて、懐中時計を返す機会を逸《いっ》している。先延ばしにしようとしてしまう。救える人が目の前にいたかもしれないのに、今日も逃げ去ろうとしている。

こんな自分だから、大切な人と重なることも、離れることも出来ないのだ。

己の怯懦《きょうだ》に眩暈さえ覚えた、その時……。

駅前のコンビニに、件の彼、杵城綜士が入っていくのが見えた。

暑さのせいで幻でも見たのかと思ったが、店内に入ると、やはり彼の姿があった。

どうしよう……。

彼は、あの橋の上に立つ女性の隣人だ。

夏祭りのせいで、店内は恐ろしく混雑している。

レジの前では人とすれ違うことさえ難しい。

目の前の客がアイス珈琲《コーヒー》を受け取り、奥へと移動しようとしていた。そして、男が彼の横を通り過ぎようとしたその時、考えるより早く、雛美は動いていた。

男の足に自分の足を引っ掛け、その背中を軽く突く。

バランスを崩した男の手からカップが離れ……。

「冷たっ！」

杵城綜士のシャツに、アイス珈琲がぶちまけられる。

これで、彼は家へと帰るはずだ。

まだ、彼女が橋の上で逡巡《しゅんじゅん》しているなら、すれ違うに違いない。

懐中時計を握り締め、素早くコンビニから走り去る。

後ろを振り返りもせずに、雛美はその場から逃げ去っていた。

あんなことをしてしまったのだ。

もう二度と、自分は杵城《きじょう》綜士《そうし》に会う資格がない。そんな雛美《ひなみ》の想いを肯定するように、それ以降も二人の歩む道が交錯することはなかった。

二年生になり、同じ文系に進級したが、クラスは別々のままだった。

写真部に所属する綜士は、変わらず、あの友人と気だるげな放課後を過ごしている。

これで良い。このままで良い。

校内で彼を見かける度に、雛美はそんなことを思うようになっていた。しかし……。

7

借りものの誕生日をやり過ごし、十七歳で迎えたある朝、絶望が去来する。

十月十一日、白稜祭《はくりょうさい》、二日目。

登校すると、学校が異様な雰囲気に包まれていた。

何か事件でもあったのか、正門脇に警察の車両が数台停《と》められている。

教室に入っても、クラスメイトたちが妙なざわつきを見せていた。

不審な思いを抱きながら雛美が席につくと、ホームルームまでまだ間があるのに、担任が教室に入ってくる。そして……。

「皆、ちょっと聞いてもらって良いかな。本日の白稜祭が急遽、中止になりました。昨晩、八組の杵城綜士君が学校で亡くなったの。それで今日は……」

続きはもう耳に入っていなかった。

杵城綜士が死んだ？　学校で？　何で？

頭を鈍器で殴られたような、そんな感覚に襲われていたからだろうか。

クラスメイトたちの阿鼻叫喚《あびきょうかん》の悲鳴を聞いて、ようやく雛美はそれに気付く。

信じられないほどの強さで、地面が揺れていた。地震が発生したのだ！

……何もかもが自分のせいだ。上手く立ち上がれず、無様《ぶざま》に尻《しり》もちをついてしまったその時、雛美はそんな思いに襲われていた。

懐中時計を返せていたら、きっと、彼の人生は変わっていたはずだ。

少なくとも、昨日、学校で死ぬなんてことはなかったに違いない。

もしも人生をやり直せるのなら、私は自分が生まれてこない世界を選びたい。

叫び惑うクラスメイトたちを見つめながら、雛美はそんなことを考えていた。

8

夢でも、幻想でもない何かが、世界を壊してしまった。

それに気付くまでに、どれだけの時間を要しただろう。

目覚めると、季節が変わり、カレンダーの日付が半年前に戻っていた。

しかも何故か父親が消えており、それを誰も疑問に思っていない。


すべての記憶を失うという、気が狂うような体験を雛美《ひなみ》は過去に味わっている。

それでも、今回の混乱は、あの時とは質が異なっていた。

事象としての記憶喪失であれば理解は出来る。けれど、過去に戻るなんて話はフィクションの世界でしか聞いたことがない。

自分を鈴鹿《すずか》家の一員にしてくれた、優しい父が消えてしまった理由も分からない。何よりも、それを家族が不思議に思っていないなんて、冗談にしても性質《たち》が悪過ぎる。

世界が繰り返していることに気付いているのは、どうやら自分だけのようだった。

このまま狂ってしまえたなら、その方が幸せだろうか。本当は自分も、この世界も、何もかもが偽物なのだと認めてしまえたなら、悪夢から解放されるのだろうか。

破滅に陥《おちい》ってしまいそうな心を繋ぎ留めたのは、その時も杵城綜士《きじょうそうし》への想いだった。

絶望に支配されそうになる雛美を、彼への想いが引き戻す。

懐中時計を見つめるだけで、虚《うつ》ろな心は霧散する。

巨大地震に襲われたあの朝、担任は杵城綜士が前日の夜に死んだと言っていた。だが、いつの間にか四月に戻ってしまった世界では、二年八組の教室に確かに彼の姿がある。

彼が生きているという事実は、ただ、それだけで雛美を勇気付けてくれた。


それからの半年は、父の消失を除けば、何もかもが記憶の通りに過ぎていった。

デジャブのように繰り返される、聞き覚えのある授業。ワイドショーを賑《にぎ》わせる芸能人の下世話なニュース。どれもが記憶に違わぬものだった。

自分がこの半年間を以前に経験していることは間違いない。

しかし、十月十一日、あの日の記憶だけが判然としなかった。地震を経験したことも、杵城綜士が死んだと聞いたことも、すべてが夢だったのではないかと思えてしまう。

あの後、ベッドで目覚めたことを考えても、最後の記憶は……。

半信半疑のまま迎えた十月十日、白稜祭初日の夜行祭。

運命の夜に、雛美は最悪の現実を知る。

キャンプファイヤーを見つめていたその時、南棟の近くで騒ぎが発生した。

胸騒ぎを感じながら人垣を掻き分けると、グラウンドの上で、一人の少年が血まみれになって倒れていた。彼の右足が人体の構造上有り得ない形で曲がっている。

そして、その少年の顔は……。

嗚咽交じりの絶叫が喉《のど》を切り裂くのと、足下がぐらつくのが同時だった。

地面に倒れ込んだ瞬間、雛美は再び巨大地震が発生したことを悟る。

記憶では、地震は明朝に発生するはずだったのに……。

9

杵城綜士の死は夢でも幻でもなく、現実だった。

彼は本当に、十月十日の夜に死ぬのだ。

どうして自分はそれを知っていたのに、警戒しなかったのだろう。

巨大地震に惑う生徒たちの悲鳴を聞きながら、頭を抱えてグラウンドに突っ伏す。

このまま命が終わってしまっても良い。

杵城綜士が死んでしまうなら、このまま世界が終わったって……。

二度のタイムリープを経て、雛美《ひなみ》は、おぼろげながらも自らを襲う現象を理解する。

自然災害のニュースは、どれも一周目と違わぬタイミングで発生しているのに、学校で体験した巨大地震だけが、一度目と二度目でタイミングが異なっていた。

二度の地震は、どちらも杵城綜士《きじょうそうし》の死を知った直後に発生している。十月十日の夜に彼が死に、自分がそれを知ると、巨大地震が発生して、精神が半年前に戻るのだ。そして、何故か家族が一人消えてしまう。

父に続き、今度は母が消失していたが、祖母も、弟も、緒美《つぐみ》も、誰一人としてそれを疑問に思っていなかった。昔から両親が存在していなかったみたいな顔で、三人とも過ごしている。この現象、タイムリープを経験しているのは、やはり自分一人だけだった。

杵城綜士の死因は、屋上からの転落と考えて良いだろう。

まるで覚めない悪夢のように、ひしゃげた死体が脳裏に焼き付いている。

悪趣味かつ理解不能な体験ではあるものの、この現象のお陰で、もう一度、十月十日をやり直すことが出来る。もう二度と、あんなことは繰り返させない。

今度こそ、杵城綜士を守ってみせる。

彼を救ってみせる。

そう、心に固く誓ったのに……。

雛美の想いと愛を蹂躙《じゅうりん》するように、世界は残酷な夜を繰り返す。

南棟の屋上へ続く出入り口を封鎖すれば、彼を守れるだろう。そう考えた雛美は、昼間の内に屋上へと続く扉の鍵穴すべてに、瞬間接着剤を流し込んでいた。

しかし、杵城綜士が落下したのは、南棟の屋上ではなく時計塔からだった。

グラウンドから見上げた先で、スローモーションのように彼の身体が落下していく。


守れなかった。

自分が不甲斐ないせいで、また、彼を守れなかった。

巨大地震の揺れを感じながら、ようやく気付く。

他人の距離では駄目なのだろう。離れた場所にいては彼のことを救えない。

杵城綜士という人間を、よく知りもしない今の自分では、彼を助けられない。

こんなにも彼のことばかり考えているのに。

ずっと、友達にだってなりたかったのに。

臆病《おくびょう》な自分は、今日まで逃げ続けてばかりだった。

そのせいで三回も彼を死なせてしまった。


こんなにも彼が大切な理由、そんなことは、もうとっくに分かっている。

泣きながら、自らの魂に誓う。

覚悟を決めろ！　傷つくことを恐れるな！

会いに行かなければならない。

そうやって彼の隣に立たなければ、永遠にその命を救えない。

私が勇気を奮わない限り、運命みたいな何かは永久に変わらない。

私は、彼を救うために、この生を受けたのだ。

10

鏡を見つめるだけで、答えなど自明だった。

鈴鹿雛美《すずかひなみ》という名前を与えられた自分が何者なのか、その答えは未だに分からない。

しかし、今、必要なのは、臆病な自分を変革することだった。

肩の下で切り揃えただけの野暮ったい髪型も、眼鏡にかかる長過ぎる前髪も、手入れなどしたことがない眉毛《まゆげ》も、実に自分に似つかわしいけれど、このままじゃ駄目なのだ。

ありのままの自分を好きになってもらうとか、肩肘《かたひじ》を張らずに生きていくだとか、そんなことが許されるのは、選ばれた特別な人間だけだ。

待っているだけじゃ友達なんて出来やしない。

漫然と歳《とし》を重ねるだけで、魅力的な大人になんてなれるわけがない。

失敗をして、恥ずかしい思いをして、後悔を繰り返すことで人は成長していく。

彼の前に立ちたいなら、真っ直ぐにその目を見つめたいなら、まずは自分が変わらなければならない。恥ずかしがらずに、口ごもったりせずに、言いたいことを言える人間にならなければ、彼は救えない。隣を歩かせてもらえない。

陰気な自分を変えるのは、簡単なことではなかった。

お小遣いを貯《た》めて、美容雑誌に載る町の美容室に入ってみる。

ショップの店員に相談しながら、自分に似合いそうな私服を買ってみる。

祖母にお金を借り、眼鏡からコンタクトレンズへと変えてみる。

地味な自分を外側から変え、無理やり心を変革していった。

彼が死ぬのは半年後だ。数ヵ月以内に、恥ずかしくない自分にならなければならない。

夏休み前の終業式。

そこで、雛美は初めて、自らの勇気の本質を試すことになった。

校長がこの終業式に現れないことを、自分だけが知っている。

廊下で倒れていた校長をソファーに寝かせ、体育館に入ると、司会の教師が校長を紹介したタイミングで、壇上へと向かった。

あまりにも堂々としていたからだろうか。雛美が演台に上がっても、廊下側に整列した教師たちは、一様に不思議そうな顔で自分を見つめているだけだった。

この体育館にいるはずの彼も、今の自分の姿を見ているだろうか。五年前に電車の中で会ったことなど、彼はもう覚えていないはずだ。きっと、これが彼に刻まれる鈴鹿雛美の最初の記憶になる。

自らを奮い立たせるように、両の拳をぎゅっと握り締めた。

白稜祭そのものを中止に出来れば、転落死も回避出来るかもしれない。

無関係な他人の目におびえるな！　堂々としろ！

すべては彼を救うためだ。卑屈になる理由などない。

戦いの日々は、ここから、始まるのだ。

白稜祭を中止にするという案は失敗に終わったものの、終業式の事件は、少なからず雛美の周囲に変化を及ぼすことになった。

ほどんど喋ったこともなかった担任に、一時間以上こってりと絞られたし、夏休みを経て、クラスメイトたちは明らかに奇異の視線を向けてくるようになった。社交辞令程度には話していた友人たちも、誰一人としてあの日の行動の真意を尋ねてはこず、無言で自分と距離を置くようになっている。

それで良い、これで良いのだと思った。

変わり者だと思われて構わない。使命をなすためには、そのくらいの温度で調度良い。言いたいことを言う。貫き通すべきことを貫き通す。

それが出来る自分にならなければ、きっと未来は変えられない。


杵城綜士《きじょうそうし》が死ぬ白稜祭の初日まで、あと一ヵ月。

そろそろ、彼と知り合う必要があった。

前回、彼を救えなかったのは、当日の行動パターンが分からなかったからだ。知り合いになって、彼が何をしているかが分かれば、時計塔に近付かないよう誘導出来る。

しかし、彼の様子を毎日のように窺い始めたことで、やがて奇妙な事実に気付くことになった。

何故か最近、彼がいつも一人でいるのだ。写真部の友人はどうしたのだろう……。三周目までの世界でも、あの友人は九月に体調を崩していただろうか。

九月十五日、火曜日の朝。

白新《はくしん》駅で電車を降りた雛美は、ベンチに座る杵城綜士の姿を発見した。

ホームルームの開始まで十分を切っている。こんな場所で何をやっているのだろう。

電車から降りた白鷹高校の生徒たちは、足早に高校へと向かっている。ベンチに座り続ける彼に目を留めているのは自分だけだった。

階段を上り、彼の背中側にある四番線のホームに移動する。

始業時間がきても、一限の授業が始まっても、彼は立ち上がらない。

ベンチに座ったまま、ボーっと宙を眺めている。


背中を見つめているだけでは、彼の気持ちを覗けない。

他人の距離のままでは、彼を助けることも叶わない。

勇気を奮うべき時は、今なのかもしれなかった。

脈絡もなく話しかけたら、ナンパと思われてしまうかもしれない。自分に気があるんじゃないかとか、そういう類《たぐ》いのことを推測されてしまう可能性だってある。

本当は長い間、ずっと彼を見つめていたこと。それだけは悟られたくなかった。

ハブステーションである白新駅は、大学院生になった古賀将成《こがしょうせい》も利用している。古賀は雛美が頼りに出来る唯一と言って良い人間だ。そして、彼は家庭教師だった頃から、一時間目には講義を入れないと話していた。

古賀に恋人の振りをしてもらえば、今後、自分の気持ちを悟られることもないだろう。

もう九時を過ぎているというのに、電話をかけると彼はまだ眠っていた。

午後からサッカーをしに大学へ行くという彼に、今すぐ家を出るよう頼み、四番線で落ち合う約束を取り付ける。

心臓の上に手を当てて、自らの気持ちを反芻する。

哀しいくらいに分かっている。誤魔化すことなど、もう不可能だ。

名前しか知らなかったのに。

その名前さえ、彼のものではなかったのかもしれないのに。

ずっと、痛ましいまでに心は彼を想い続けてきた。

四番線のホームから、古賀と並んで彼の背中を見つめる。

「彼氏の振りをするのは良いけどよ。お前、それで後悔しないのか？　あいつが好きだから、白鷹進学にこだわったんだろ？」

お見通しだとでも言わんばかりの顔で告げられた。

「私、そんなこと話してないじゃん」

「目を見りゃ分かるよ。お前は分かりやすいからな」

眼鏡をやめ、髪型を変えて、外見を取り繕ったところで、陰気な中身は変わらない。

こんな女に好かれたって迷惑なだけだろう。気持ち悪くて、距離を置きたくなってしまうに違いない。それでは、駄目なのだ。

十月十日、その夜を越えるまで彼の友達でいられるような、そんな自分でいなければならない。そのためには、彼氏持ちの同級生、そのくらいの立ち位置で丁度良い。

「もしも余計なことを言ったら、家庭教師として払ったお金、全額返してもらうから」

無茶苦茶な要求を突きつけると、彼が苦笑いを浮かべた。

「そいつは困るな。じゃあ、彼が何かに勘付きそうになった時は、学校をさぼりたかったからって話で押し通すさ。このボールを腹に入れて、妊婦を助けたことにするんだろ？

お前って時々、馬鹿なことを言い出すよな」

「……時々って何？　頼み事なんて今が初めてじゃん」

「三ヵ月で白鷹に合格させてくれって、あれも大概、馬鹿げた話だったからな。ま、あの時も何とかなったんだ。今回もやれるだけやってみたら良い。応援はしてやるよ」

「……うん。ありがと」

きっと、今日までの鈴鹿雛美の人生は、冗長なプロローグだった。
彼を救うための、長い、長い、助走だったのだろう。
今、心の底からそう思う。

杵城綜士の下へ向かう足が震えていた。
心臓は冗談みたいに早鐘を打っている。

ずっと見つめていた男の子に、これから自分は初めて声をかける。
待ち受けているのは、決して甘い未来ではないけれど。
絶望を回避するためだけの、そういう哀しく複雑な何かだけれど。
自分と出会ったことで、彼の人生が少しでもマシになったら良い。

ねえ、綜士君。
君は、本当はどんな男の子なのかな。
私は、君と出会って、どんな風に笑うのかな。

不安で胸がいっぱいだけど、楽しみでもあるんだ。
だって、もう何年も前から、私は君と喋ってみたかったんだから。
私は馬鹿で弱虫だから、多分、これから君を困らせることもあると思う。
でも、必ず君を守るからね。それだけは、信じてね。

あ、そうだ。
残念だけど、もう分かっていることもあるの。
きっと、臆病な私は、最後まで本当のことを君に言えないと思う。
だから今、一番伝えたい感情を、胸の中で噛《か》み殺《ころ》しておくね。

好きだよ。
綜士君。
ずっと、ずっと、私は君が大好きでした。

エピローグ

きっと、今が人生の最底辺だ。

五年前のあの日から、ほとんど毎日、そんなことを考えながら生きてきた。

一連の悪夢から解放された今も、鬱屈《うっくつ》とした心は晴れていない。

しかし、最近になって気付けたこともある。

『底辺』だと感じているこの瞬間こそが、俺にとっての『普通』なのだろう。

幾つの夜を越えたところで、訳もなく卑怯な自分を好きになれたりはしない。

ある日突然、誰かが自分の才能を見つけてくれるなんてこともない。

落ち込む日々も、悔しさに歯がみするだけの毎日も、永遠に続いていくのだ。

だからこそ、俺たちは考えなくてはならない。

何者にもなれない自分を認め、弱さを自覚した上で、それでも失望に抵抗し、諦めに負けそうになる心を振り払って、生きていかなければならない。

十月十三日、火曜日、午後二時四十五分。

待ち合わせをしていた白新駅《はくしん》にて、千歳《ちとせ》先輩と合流を果たす。

本日から三日間、白鷹《しろたか》高校は白稜祭《はくりょうさい》の代休となるが、今日も先輩は制服姿だった。


一昨日の日曜日、俺たちは芹愛《せりあ》と安奈《あんな》さんの無事を確認した後、鈴鹿《すずか》家の様子を見に行く予定でいた。ところが、二人が無事だったことに安堵した身体は、徹夜明けで限界を迎えていたからか動かなくなってしまう。結局、その日は自宅で休まざるを得なかった。

そして、祝日だった昨日、今度こそ千歳先輩と共に鈴鹿家へ向かった。

庭先で雑談に興じていたシニア世代の二人を横目に、何食わぬ顔で鈴鹿家の前を通り過ぎる。そのまま少し進むと、丁度良い距離に建つマンションが目に入った。非常階段に身を隠しつつ、鈴鹿家の玄関を観察出来る、そんな好位置にある建物だった。

庭先で喋っているのは、鈴鹿家の祖母と、雛美《ひなみ》に料理を教えていたという隣人だろう。

そのまま観察を続けると、自宅に出入りする父、母、弟の姿も確認出来た。

雛美のタイムリープで消失した人々も、全員がこの世界に戻ってきていたのだ。


鈴鹿雛美の犠牲には、確かに意味があった。

そう、思いたかったのだけれど……。

雛美の姉、緒美《つぐみ》の姿だけが見当たらなかった。

昨日は祝日である。単純に外出せずに一日を過ごしていただけなのかもしれないが、不安な気持ちを拭えない。

緒美と雛美は同一人物である。雛美が世界から消えた時、緒美もまた消失に巻き込まれてしまったのかもしれない。そんな不安が頭の中で蠢《うごめ》き始める。

タイムリープに巻き込まれた人間は、五年前から世界に存在しなかったことになる。それが故《ゆえ》に、消失した人間の足跡はタイムリーパー以外の記憶から消えるわけだが、緒美は雛美しか覚えていないはずの出来事を幾つか記憶していた。タイムリープ時の雛美の記憶が、緒美にだけは引っかかるのだ。

今回もまた、類似の事例が起こったのかもしれない。

俺たちは最後の最後で、無関係な人間を巻き添えにしてしまったのだろうか。


午後三時半。

緒美が通う公立の女子校、双葉山《ふたばやま》高校の最寄り駅に到着した。

「最後まで付き合ってもらってすみません」

「僕が望んでやっていることだ。君が気にする必要はない」

閑散とした駅の構内に、双葉山高校の生徒は確認出来なかった。

授業が終わるのは、もう少し先なのだろう。

「まだ時間もあるみたいだし、一つ、質問しても良いですか？」

「君は、君が望むことを、自由に口にしたら良いさ」

「三日前、時計部にやってきた火宮雅《ひのみやみやび》のことなんですけど」

千歳先輩の前で、彼女の名前を初めて口にする。

「……君は雅のことを知っていたんだな」

「はい。消えてしまった先輩のことが知りたくて、ラボを訪ねましたから」

それを告げると、苦笑いを浮かべられた。

「では、不愉快な気分にさせられただろう？　あれは舌を制御出来ない女だ」

「制御出来ないというより、制御するつもりがないのかなって思いました」

「なるほど。君は人を見る目があるな。確かにそちらの方が言い得て妙だ。それで、君は一体何を聞きたいんだ？」

「先輩はあの人に、『本当に、僕らは君を哀しませてばかりだ』って謝っていましたよね。あの時言っていた『僕ら』って、誰のことだったんですか？」

「ラボにまで出向いたんだろう？　予想がついているんじゃないのか？」

「六年前に自殺したという親友を、示唆していたのかなって思っています」

「正解だ。訂正の余地がない」

「あのラボを見た日から、ずっと聞いてみたかったことがあるんです。先輩が俺たちに協力してくれていたのは、タイムマシンを作るためだったんでしょうか？」


まだ出会ったばかりの頃、雛美は先輩にこう言った。

『綜士《そうし》が私の話を聞いてくれるのは分かるよ。でもさ、先輩は何者なの？　普通に考えたらこんな話、信じられないと思うんだよね』

雛美の疑問を受け、千歳先輩はこう答えている。

『きっかけは好奇心だが、今は正義感が動機だ』

俺はその言葉を信じていたし、今も信じたいと思っている。


「その質問に対する回答が肯定だとしたら、君は僕を軽蔑するか？」

「軽蔑？　どうしてですか？」

「君だけが記憶している繰り返された日々で、草薙千歳《くさなぎちとせ》という男が何を話し、何を隠してきたのか、僕には想像することしか出来ない。ただ、究極的には君の言葉が正しいと断言出来る。僕が君たちに協力していたのは、自らの逼迫《ひっぱく》した願いを実現するためだろう。草薙千歳という男は、実に利己的で欺瞞《ぎまん》的な協力者だ」

先輩は冗談を言うような人ではない。本気でそう思っているのだろう。

「こちらだけが君の心情を知っているのも不誠実だな。謝罪の意味も込めて、少しだけ僕の話をしようか」

感情の伴わない顔で宙を見つめながら、先輩は続ける。

「雅は六年前に死んだ親友のことを愛していた。そして、彼が死んだ理由が分からないせいで、一歩たりとも前に進めなくなってしまった。現在の雅は、言わば情念に囚われた妄《もう》執《しゅうき》鬼だ。自殺という彼の選択を恨み、憎み、その過去に介在することを動機として生きている。タイムマシンもあいつにとっては手段の一つでしかない。その先にある過去への復讐《ふくしゅう》が、雅の真の目的だ。その上、これは本当にどうしようもない話なのだが……」

自嘲《じちょう》の笑みが、先輩の顔に浮かぶ。

「僕はそんな雅のことを、とても大切に想っている。出会った頃から、ずっとだ」

それから、先輩はゆっくりと頭を下げてきた。

「すまなかったね。僕の目が真に捉えていたのは、きっと、君たちの苦しみではなく、時空の謎だった。雅を解放するための手掛かりが欲しかったんだ」

今、俺は何を思えば良いのだろう。

頭を下げた先輩に対して、どんな言葉を返せば良いのだろう。

内奥を探り、自らの本心を確認する。そして、見つかった答えは……。

「先輩。俺、来年、理系に転科しようと思っています」

脈絡のない話が突然始まったからだろう。先輩の顔に戸惑いが浮かんでいた。

「将来やりたいことが、やっと見つかったんです。そのために、理学部、物理学科に進学するつもりです。それも、出来れば地元の国立大学に」

高校に入学して以来、ずっと、怠惰な生活を送ってきた。成績は下位に沈み続けているし、決して簡単な目標ではないけれど……。

「先輩は去年も一昨年も医学部を受験していますよね。でも、本当は医者になるつもりなんてないんでしょ？　白鷹高校でなすべきことが終わったら、火宮雅と同じように、お父さんが教鞭《きょうべん》を取る大学に進むつもりなんじゃないですか？」

「そうだとしても、それと君の進路に何の関係があるんだ？」

「感謝しているんです。先輩は自分のことを利己的だって言ったけど、それの何が悪いんですか？　欺瞞的だったら、差し伸べた手がなかったことになるんですか？　俺たちは先輩のお陰で救われました。先輩がいなかったら誰も助からなかった。一生かけても返せないだけの恩義があります。だから……」

「そのくらいでやめてくれ。僕はそんな言葉に値するような男じゃない」

「いいえ、やめません。全部、聞いてもらいます。別の場所に先輩の動機があったとして、それの何が悪いんですか？　俺、むしろ嬉しいんです。だって、今まで先輩は、凡人には理解が出来ない別次元の人間だった。でも、先輩だって誰かに執着するし、嫉妬《しっと》もする。そういう自分に落ち込んだりもするってことでしょ？　やっと先輩のことが分かった気がするんです」

「君はそもそも僕を過大評価し過ぎだ。考えてもみろ。僕が君たちと出会ってから、一体、何回タイムリープが起きた？　僕の知恵が至らなかったせいで、どれだけの哀しみと苦痛が君たちを……」

「それも違う。先輩がいたから、ここに辿り着けたんです。皆を救ったことを、ちゃんと自覚して下さい。世界が元通りになったのは、先輩の知恵と雛美の勇気があったからだ」

俺たちだけじゃ駄目だった。

千歳先輩がいてくれたから、俺たちは悪夢から解放されたのだ。だから、

「恩返しがしたいんです。先輩が俺たちを助けてくれたように、今度は俺が力になりたい。『ゼロの壁』を越えられないから、タイムマシンは作れない。あの人が何を言っているのか、さっぱり分からなかったけど、時間を遡行するためのエネルギーになり得るものがないんだって、それだけは分かりました」

先輩は強張った表情で俺を見つめている。

「この世界は本来あるべき姿に戻ったけど、二つ、正常化されていないものがあります。一つは、延びてしまった安奈さんの寿命、もう一つは余剰の時間です。安奈さんの寿命に関しては、十月十日を越えられたことを考えるなら、何らかの形で正常化されている可能性もある。ただ、余剰の時間は、間違いなく世界に残っています。その時間が動力になる気がするんです。だって、それは、この世界の人間を消失させる程度には強い力を持っているんだから。理屈とか、理論とか、そういうのは今の俺には分からないけど、そいつを利用すれば、先輩たちの目的を達成出来るかもしれません」

「……実に興味深い話だ」

その顔に、見慣れたいつもの眼差しが浮かんだ。

正義感に溢れ、自信に満ちた先輩のその瞳は、幾度となく俺たちを勇気付けている。折れそうになる心を何度も救ってくれていた。

俺と先輩じゃ頭の作りが違う。どれだけ努力したって話についていくことさえ難しいかもしれない。だけど、もうこの心は誤魔化せない。

支えになりたい。それ以外の方法では、溢れる感謝を返せないのだ。

「君たちは十七周目の世界で、鈴鹿雛美を消している。残る余剰の時間は……六ヵ月と三週間か」

これまでの説明を整理し、先輩はわずか数秒でその結論に辿り着いていた。

「芹愛がすべてを忘れてしまった今、タイムリープの記憶を有しているのは俺だけです。今回の現象を糧《かて》に、力になれる人間は俺しかいません。だから、全力で勉強しようと思います。火宮雅が俺の話に耳を傾けてくれるとは思えないけど、まずは研究室の後輩になって、力ずくでも認めさせます」

それが、残酷な悪夢を繰り返した俺が辿り着いた、たった一つの結論だった。

「雛美が言っていたんです。『一つで良いから、私がこの世界に生まれてきた意味があったら良い』って。あいつは消えてしまった人たちを救いました。でも、ゼロが一に増えたわけじゃない。マイナスだったものをゼロに戻しただけです。だけど、雛美の覚悟を知った俺が、先輩たちの親友を救えたとしたら、今度こそそれはプラスに転じる。雛美がこの世界で生きたことの確かな意味になる」

今更、何を成し遂げたところで、雛美には届かない。

消えてしまったあいつが帰ってくるわけでもない。そんなことは百も承知だ。

無謀な夢を語っているという自覚もある。己の器だって理解している。

それでも、届いた願いだけが、想いじゃない。

たとえ叶わなくても、彼女のために生きた道程は、嘘にはならないはずだ。

双葉山高校が下校時刻を迎えたのだろう。構内に人が増え始めていた。

次々と改札に吸い込まれていく制服を見つめている内に、鼓動が速まっていく。

これからの未来をどう生きていくのか、それはもう決めた。

残っているのはただ一つ、俺と雛美の過去に対する最後の審判だ。

雛美と同一人物である鈴鹿緒美は、今……。


その四人組を見つけた時、一瞬で感情が飽和し、涙が溢れそうになった。

三人の友人たちと並んで構内に入ってきたのは、

「……先輩、大丈夫でした。あれが、緒美です」

改札は俺たちのすぐ後ろにある。

こちらに向かって伏し目がちに歩いてくる彼女に、今すぐにでも駆け寄りたい。沸き上がる衝動を必死で抑えながら、緩慢に縮まっていく距離を思っていた。

遠目でも、すれ違うその瞬間がきても、俺の目には彼女が雛美にしか見えない。

揺れるショートボブの黒髪も、影の落ちる長い睫毛《まつげ》も、薄い唇も、見紛うことなく雛美のそれなのに、少女は無表情のまま、俺たちの横を通り過ぎていく。

安堵と同時に、小さな痛みが胸に去来していた。

振り返ることが出来ない。彼女に声をかけることに意味があるとも思えない。

これで、本当に、すべてが終わったのだ。

「綜士？」

その時、震える声が鼓膜に届いた。

弾かれたように振り返ると、緒美が一人、立ち止まって俺を見つめていた。友人たちは緒美が立ち止まったことに気付かず、そのまま改札を通過していく。

ポケットから取り出された彼女の右手に、鎖のような物が巻かれていた。

「……綜士だ。やっぱり、綜士だ！」

叫ぶと同時に、彼女が俺の傍まで駆け寄ってくる。

隣では、千歳先輩が混乱を隠せずに顔を歪めていた。

「何が起きている？　君は鈴鹿緒美じゃないのか？」

先輩の問いを受け、彼女はこめかみに手を当てる。

「あ……。えーと……千歳……先輩？」

「僕が分かるのか？　君は誰だ？　雛美……なのか？」

少女が首を横に振る。

「私は緒美です。鈴鹿緒美。でも……」

懇願するような眼差しで、彼女に見つめられた。

彼女自身にも何が起きているのか、よく分かっていないのだろう。

「……先輩。さっき、残る余剰の時間が六ヵ月と三週間って言いましたよね。それ、実は違うんです」

「タイムリープの回数は、芹愛が九回、雛美と君が四回ずつだろう？　この世界に現れた時点での雛美の年齢から減算すれば、間違っていないはずだ」

「はい。でも、先輩が消えた後、すぐに雛美を消したわけじゃないんです」

「……どういうことだ？　君たちは一体、何を……」

「十七周目の世界で、犠牲になることを決めた雛美には、一つ、やり残したことがありました。五年間、振り回し続けてしまった緒美に、すべてを説明して謝罪することです。その最後の話し合いの場に俺も同席したんですけど、二人の話を聞いている内に、千歳先輩から聞いていた仮説を、俺が思い出したらしいんです」

「……思い出したらしい？」

「雛美の精神が過去に戻る時、緒美にだけは記憶が引っかかります。ただ、その現象は必ず成立するわけでもないみたいで、緒美には覚えていることと覚えていないことがありました。時間的制約があるのかとも思ったんですが、話を聞いていくと、緒美は消えた家族について、ごく最近のことまで覚えていました」

「それで、その現象に課されたルールの真相に、君たちは辿り着いたのか？」

「はい。答えはシンプルでした」

「雛美と緒美、二人が共有している記憶だけが、緒美の精神に引っ掛かるんです」

父と出会った時、雛美が財布の中に硬貨だけを所持していたこと。母や祖母が、当初は雛美の存在に戸惑いを見せていたこと。父が無戸籍解消のために走り回ってくれたこと。それらはどれも二人が共に知っている事実だった。

「そのルールに気付いた時、俺が二人に言ったらしいんです。もしかしたら、雛美の記憶を緒美の中に残せるかもしれないって」

「……そういうことか。十七周目の世界には、余剰の時間が七ヵ月と三週間残っていた。綜士が最後のタイムリープをする前に、もう一度だけ雛美も跳躍出来る。自らの思い出を緒美と共有した上でタイムリープに至れば……」

強く、頷く。

「緒美に理解してもらうのは、簡単なことではなかったそうです。でも、目の前には瓜二つの雛美がいて、ほかの家族は全員消えている。状況証拠が揃っていましたから、最終的には緒美を納得させ、それから、俺と雛美は起死回生のアイデアを試すことにした」

成功する保証など何処にもなかった。緒美が雛美の記憶を思い出せたところで、それが何の希望になるのかもよく分かっていなかった。

それでも、俺たちはすがるように、かすかな希望に一縷《いちる》の望みを託した。

「緒美と話し始めたのは九日の放課後でしたから、残された時間はわずかに一日しかありませんでした。雛美は睡眠時間を削って、緒美に自らの記憶を話し続けたそうです。そうやって、やれることを全部やって、芹愛にも納得してもらった上で、十七周目の世界では、俺が回送電車の前に飛び込みました」

そして、再び目覚めた後で、俺は雛美から詳細を聞くことになった。火宮雅にまつわる話は、にわかには信じられなかったが、ラボを訪ね、それもこの目と耳で確認している。

十八周目の世界で、緒美はそれまでの周回とは異なる様相を見せていた。現実を消化出来ないからか、彼女は雛美と俺に対して露骨に距離を取り、そのせいで状況は満足に確認出来なかったけれど、緒美の中に新しい記憶が刻まれていることだけは間違いなかった。

千歳先輩は両目を閉じ、指先を目頭に当てる。

「つまり、ここは十八周目の世界ではなかったんだな」

「はい。今は十九周目で、残された余剰の時間は三週間です」

「十八周目の世界では、誰が消えたんだ?」

「雛美に料理を教えていた隣人です。もちろん、その人が戻ってきていることも、昨日、確認しています」

「……君たちは、僕と別れた後も勇敢な冒険を続けていたんだな」

雛美が消え、すべてが本来あるべき姿へと戻った世界では、芹愛がタイムリープの記憶を失っていた。それを知った時、俺は大いなる失望に襲われている。

繰り返し続けた世界の爪痕《つめあと》が、最後のタイムリーパーである俺にしか残っていないのだとしたら、緒美の中に残したはずの希望も、世界の復元に掻き消され、霧散した可能性が高い。そう思ったのだ。

今日まで、半ば諦めかけていた。

緒美が消失に巻き込まれていなければ、それで十分だとさえ思っていたのに……。

「つまり、君は鈴鹿緒美だが、雛美のことを覚えているというわけだな」

「それも少し違うと思います」

彼女の首が横に振られる。

「私は緒美です。それ以外の誰でもありません。ただ……私の中には雛美もいる」

その口調が変わった。

「覚えてる。知っている。綜士や先輩と戦ってきたことを、ちゃんと思い出せるの。だって、心と身体に刻まれているから」

彼女の声を聞きながら、慟哭してしまいそうな自分を、必死に押さえつけていた。

俺一人が例外だったわけじゃないのだ。

きっと、最後のタイムリープに関わった、俺と雛美の二人だけが特別だった。

五年前の時震《じしん》が否定されても、最後のタイムリーパーである俺は記憶を失わなかった。同様に、最後の消失者である雛美の記憶もまた、こうして緒美に刻まれている。

すべてが元通りになったのに、安奈さんが死なずにすんでいたのも、そういう理屈だったのかもしれない。繰り返し続けた世界の爪痕から、俺たちだけが解放されなかった。そのお陰で、雛美が安奈さんに干渉したという事実も否定されなかったのだろう。

「タイムリープで引っかかっていたのは、記憶じゃなくて人格だったのかな」

ゆっくりと開かれていった彼女の手の平に、見慣れた懐中時計が載っていた。

俺の名前が刻まれたその懐中時計を、彼女は愛おしそうに見つめる。

「今の私は緒美であると同時に雛美でもある。そんな気がするの。これって、ただの勘違いかな?」

「脳に障害が起きた時、記憶と人格に、同時に変化が現れる場合があると聞く。その二つは、別個ではなく表裏一体の存在なのかもしれないな」

「あー。何だろう。二人に会ったせいで、色んなことが蘇ってきた。頭の中に思い出が溢れてきたよ。……そっか。そうだったんだ。私たちは本当に一人だった」

感傷的に告げてから、彼女は先輩に向き直る。

「て言うかさ、先輩、まず謝るべきじゃない？　私を消そうとした戦犯じゃん。それに、私を好きだと誤解されたら沽券に関わるとか、凄い失礼なことも言ってたよね」

それは、涙が出るほどに懐かしい、あいつの口調だった。

「何の話だ？　前半はともかく後半に関しては思い当たる節がない」

俺が当該事項の説明を省いたせいだろう。

「ただ、君が望むなら、どちらの案件についても謝罪しよう。もっとも僕には当時の記憶がないから、口先だけの謝罪になるがね」

「うわー。そうだった。先輩、そういうことを言う人だよね」


「緒美！　何やってるのー？」

はぐれたことに気付いた三人の友人たちが、改札の向こうから手を振っていた。

「あー。そろそろ緒美に戻らないとまずいのか。今の私は双葉山高校の生徒だもんな。もうちょっと二人と話したかったけど」


俺たちの物語には、ハッピーエンドなどないのだと思っていた。

誰も彼もが救われる未来など、存在しないと思っていたのに。

「話せるさ。これから、幾らでも、俺たちは……」

「うん。……うん」

嬉しそうに彼女が頷き、

「いつでも時計部に遊びに来たら良い。君なら大歓迎だ」

千歳先輩が告げる。

「もっとも、半年もしない内に僕は卒業してしまうがね」

「じゃあ、廃部になっちゃうじゃん」

「いや、優秀な後輩が、写真部と掛け持ちで所属することに決まっている。彼は大学でも僕の後輩になるつもりらしいからな。受験勉強の面倒を見てやらねばならない」

「じゃあ……」

優しく頷き、千歳先輩も笑顔を浮かべる。

「綜士。どうやら君とは長い付き合いになりそうだ」

「ふーん。何だか楽しそう。でもさ、別に大学なんて関係なくない？」

もう少し待っていてと、彼女は改札の向こうに手で合図を送る。

「だって、私たち、もう友達じゃん」

「……そうだな。君たちと僕は、きっと、友達というものになるんだろう」

きっと、今が人生の最底辺だ。

今朝、そんなことを考えたばかりだったのに、人生というのは本当に、呆れるくらい、ままならないものだった。

芹愛と安奈さんを救えたのだから、もう俺の人生などどうなっても構わない。

そんなことを考えていた昨日までの自分が馬鹿みたいだった。


話したいことが喉の奥で溢れている。

芹愛とも、一騎《かずき》とも、千歳先輩とも、雛美とも、語り合いたいことが山ほどあった。

そんな衝動が嬉しくて、愛しくて。

生まれて初めて、自分のことを好きになれそうだった。


きっと、これからだって毎日のように落ち込むだろう。

自らに失望して、現実を嘆いて、愚痴を零すこともやめられないだろう。

それでも、諦めて、自暴自棄になることだけはもうない。

もう二度と、俺は、絶望にのまれたりしない。

俺が生まれた場所は、決して、残酷なだけの世界ではなかった。

「綜士！　千歳先輩！　じゃあ、また明日！」

どんな未来が待ち受けているのか、俺にはまだ分からない。
どれだけ想像力を働かせても、当たることはないだろう。
それでも、たった一つ、誓えることがあった。

今はただ、彼女が生きていることが愛おしい。

二度と始まることのない終わりまで。
俺は、この愛だけは忘れない。

『君と時計と雛の嘘』　了

あとがき

　二〇一六年、某月某日。

　綾崎隼は作家人生七年目にして初めて、原稿を落としかけていた。

　路行く人を押しのけ、跳ねとばし、~~メロ~~、綾崎は黒い風のようにキーボードを打鍵した。野原で宴席のまっただ中を駆け抜け、酒宴の人たちを仰天させ、気分転換と称して、サッカーボールを蹴とばし、小川を飛び越え、少しずつ沈んでゆく太陽の、十倍も早く原稿を書き進めた。

　洒落にならない真実のデッドラインが近付き、原稿を書きながら講談社へ向かう道中で、一団の旅人と颯《さ》っとすれちがった瞬間、不吉な会話を小耳にはさんだ。

「いまごろは、十月発売の原稿も、すべて入稿されているよ。」

　動揺して足首をひねってしまう。半年振りくらいの捻挫《ねんざ》であった。

　ああ、その原稿、その原稿のために私は、いまこんなに走っているのだ。

　急げ、綾崎。発売日は決まっているのだ。おくれてはならぬ。愛と誠の力を、いまこそ知らせてやるがよい。風態なんかは、どうでもいい。度重ねる怪我で、骨は、いまは、ほとんどボロボロだ。呼吸も出来ず、二度、三度、口から血が噴き出た。見える。はるか向こうに小さく、入稿という名の塔楼が見える。

「ああ、綾崎様。」うめくような声が、風と共に聞こえた。

「誰だ。」綾崎は原稿を進めながら尋ねた。

「貴方の担当編集の弟子でございます。」その若い編集者も、綾崎の後について走りながら叫んだ。「もう、駄目でございます。むだでございます。原稿を書くのは、やめて下さい。もう、あの方をお助けになることは出来ません。」

「いや、まだ陽は沈まぬ。」

「ちょうど今、原稿が落ちて担当編集が（社会的に）死刑になるところです。ああ、あなたは遅かった。おうらみ申します。ほんの少し、早かったなら！」

「いや、まだ陽は沈まぬ。」綾崎は胸の張り裂ける思いで、赤く大きい夕陽ばかりを見つめていた。

「捻挫した足で走るのは、やめて下さい。いまはご自分のサッカーの試合が大事です。担当編集は、あなたを信じて居《お》りました。編集会議に引き出されても、平気でいました。王様が、綾崎はＥＵＲＯ《ユーロ》２０１６を観ているんじゃないのか？　リオオリンピックを観ているのではないか？　さんざんあの方をからかっても、原稿は上がります、とだけ答え、強い信念を持ちつづけている様子でございました。」

「それだから原稿を書くのだ。信じられているから走るのだ。間に合う、間に合わぬは問題でないのだ。担当編集の命も問題でないのだ。私は、体力をつけるためとか、なんだか、もっと恐ろしく大きいものの為に走っているのだ。ついて来い！」

「ああ、気が狂ったか。それでは、うんと走るがいい。原稿も書くがいい。」

言うにや及ぶ。まだ陽は沈まぬ。最後の死力を尽くして、綾崎はキーボードを打鍵した。綾崎の頭は、からっぽだ。何一つ考えていない。

ワンセグでオリンピックを割と真剣に横眼で見ながら、ただ、わけのわからぬ大きな力にひきずられて原稿を書いた。


陽は、ゆらゆら地平線に没し、まさに最後の一片の残光も、消えようとした時、綾崎は疾風の如く講談社文芸第三出版部に突入した。

「待て。その編集者を殺してはならぬ。綾崎が帰って来た。約束のとおり、【君と時計シリーズ】最終巻の原稿を書き上げて、いま、帰って来た。」と大声で刑場の群衆にむかって叫んだつもりであったが、喉がつぶれて嗄《しわが》れた声が幽《かす》かに出たばかり、群衆は、ひとりとして彼の到着に気がつかない。すでに磔《はりつけ》の柱が高々と立てられ、縄を打たれた担当編集は、徐々に釣り上げられてゆく。綾崎はそれを目撃して最後の勇、群衆を掻きわけ、掻きわけ、

「私だ、編集長！　殺されるのは、私だ。綾崎だ。原稿を落としかけた張本人は、ここにいる！」と、データの入ったノートパソコンを掲げながら、ついに磔台に昇り、釣り上げられてゆく担当編集の両足に、齧《かじ》りついた。編集者たちは、どよめいた。あっぱれ。ゆるせ、と口々にわめいた。セリヌンティ担当編集の縄は、ほどかれたのである。

「担当編集。私を殴れ。ちから一ぱいに頬を殴れ。私は、途中で一度、悪い夢を見た。君が若《も》し私を殴ってくれなかったら、私はこの原稿を入稿する資格さえ無いのだ。殴れ。」

担当編集は、すべてを察した様子で首肯《うなず》き、物凄く遠慮がちに綾崎を殴った。骨の折れる音がした。二年振り、七回目の骨折であった。担当編集は優しく微笑み、

「綾崎君、私を殴れ。同じくらい音高く私の頬を殴れ。私はこの二ヵ月の間、たった一度だけ、ちらと君を疑った。生れて、はじめて君を疑った。本当は原稿をやらずにEURO2016とかオリンピックを観ているのではないかと思った。」

綾崎は、そっと目を逸《そ》らした。

「君が私を殴ってくれなければ、私はこの原稿を入稿できない。」

「いや……女の人を殴るとか、マジで無理なので。疑われたのはちょっと心外ですけど、別に良いです。」

「ありがとう、友よ。」二人同時に言い、原稿を入稿し、それから嬉し泣きにおいおい声を放って泣いた。まだ、あとがきを書いていなかったけれど、著者校で手を入れれば良いかなと文壇のメロスは思っていた。

編集部からも、歔欷《すすりなき》の声が聞こえた。暴君は、群衆の背後から二人の様を、まじまじと見つめていたが、やがて二人に近づき、顔をあからめて、こう言った。

「おまえらの望みは叶ったぞ。おまえらは、わしの締切に勝ったのだ。信実とは、決して空虚な妄想ではなかった。どうか、『君と時計と雛の嘘』を講談社タイガ創刊一周年で発売させてくれまいか。」

どっと編集部に、歓声が起った。

「万歳、講談社タイガ万歳。」

ひとりの少女が、緋のマントを綾崎に捧げた。綾崎は、まごついた。佳《よ》き担当編集は、気をきかせて教えてやった。

「綾崎君、君は、骨が折れているじゃないか。早くそのマントを着るがいい。この可愛い娘さんは、綾崎君の骨折が、たまらなく哀れなのだ。」

勇者は、ひどく赤面し、新潟に帰ったら病院に行こうと思った。


……大体、そんな感じの経緯を経て、この物語は完成しました。

繋がっていく素敵な装画で、シリーズを彩って下さったpomodorosa様。

ARIAでコミカライズを担当して下さっている西ノ木《にしき》はら様、編集のS様。

物語を精査して下さった校閲の猪瀬《いのせ》様、本望《ほんもう》様、講談社校閲第一部の皆様。

この物語に出版の機会を与えて下さった、講談社の皆々様。

私の小説を愛したが故に、刑場で磔になった担当編集のK様。

最終巻まで本当にお世話になりました！


そして、誰よりも。

シリーズを楽しんで下さった読者の皆様に、最大級の感謝を。

無料で楽しめる娯楽が溢れている世の中で、四冊という決して短くはない冊数を追って下さったこと、心より感謝しております。最後になりますが、この物語を大切な誰かと共有して頂けたなら、それに勝る幸せはありません。

それでは、いつかまた別の物語でもあなたと出会えることを祈りながら。

綾崎《あやさき》 隼《しゅん》

〈著者紹介〉

綾崎 隼（あやさき・しゅん）

2009年、第16回電撃小説大賞選考委員奨励賞を受賞し、『蒼空時雨』（メディアワークス文庫）でデビュー。

「花鳥風月」シリーズ、「ノーブルチルドレン」シリーズなど、メディアワークス文庫にて人気シリーズを多数刊行している。

近著に『風歌封想』（KADOKAWA／アスキー・メディアワークス）がある。

君《きみ》と時計《とけい》と雛《ひな》の嘘《うそ》
第四幕《だいよんまく》

※本書は書き下ろしです。

2016年10月18日　第1刷発行

定価はカバーに表示してあります

著者……………………綾崎《あやさき》 隼《しゅん》

発行者…………………鈴木　哲
発行所…………………株式会社 講談社
〒112-8001 東京都文京区音羽2-12-21
編集03-5395-3506
販売03-5395-5817
業務03-5395-3615

本文データ制作…………講談社デジタル製作
印刷……………………豊国印刷株式会社
製本……………………株式会社国宝社
カバー印刷……………慶昌堂印刷株式会社
装丁フォーマット………ムシカゴグラフィクス
本文フォーマット………next door design

ISBN978-4-06-294018-4　N.D.C.913　351p　15cm